少女は本を読んで大人になる

読書とともに人生を紡いでいくあなたへ

人は本を読んで未知の世界を知る。
新しい経験への扉を開く、かつて読んだ本、
読みそこなってしまった本、いつかは読みたい本。
少女が大人になる過程で読んでほしい十冊の古典的名作を、
さまざまに人生を切りひらいてきた
十人の女性たちと共に読んだ読書会の記録。

目次

凡例

＊本書は、二〇一三年五月から二〇一四年五月まで、十回にわたって東京・代官山、クラブヒルサイドサロンで開催された読書会「少女は本を読んで大人になる」（主催＝クラブヒルサイド＋スティルウォーター）を採録、改稿したものです。

＊「――」で始まる発言は、司会および参加者によるものです。

＊注は編集部が作成しました。

＊各読書会では、本にインスピレーションを得たオリジナルサンドウィッチが供されました。そのレシピが各章の最後に掲載されています。

アンネ・フランク 著
『アンネの日記』を読む

小林エリカ
マンガ家、作家

『アンネの日記』

ユダヤ人少女アンネ・フランクが、ナチスドイツ占領下のオランダ、アムステルダムで、「ユダヤ人狩り」を逃れ、隠れ家で暮らした日々を綴った日記。十三歳の誕生日から十五歳で逮捕されるまでの二年間にわたる日記には、極限の状況の中で思春期を過ごした少女の夢や希望、性の芽生え、人間関係の悩みなどが克明に、瑞々しい感性で描かれている。

隠れ家に残されていた日記は、フランク一家の支援者であった友人によって、家族のうちただ一人強制収容所から生還した父オットーに手渡され、一九四七年出版。世界的なベストセラーとなる。日本では一九五二年に『光ほのかに――アンネの日記』として出版され、現在まで六十七の言語に翻訳されている。二〇〇九年、「世界で最も読まれた十冊の本」に入るとしてユネスコ世界記憶遺産に登録される。

◎セミナーでの使用テキスト
『アンネの日記』アンネ・フランク著、深町眞理子訳、文春文庫

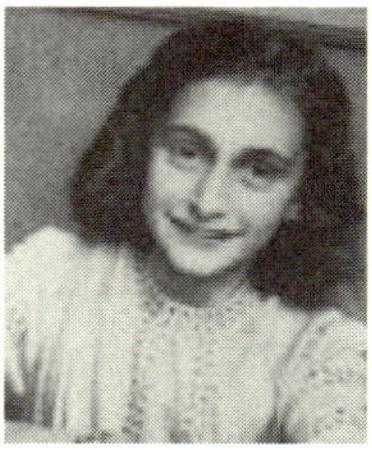

アンネ・フランク

一九二九年ドイツのフランクフルトに、裕福なユダヤ人家庭の次女として生まれる。一九三三年、ナチスの迫害を逃れ一家はオランダのアムステルダムに亡命、一九四二年七月より隠れ家生活に入る。一九四四年八月、密告により隠れ家を発見され、姉と共にアウシュヴィッツ、次いでベルゲン・ベルゼン強制収容所へ移送される。収容所の劣悪な環境のなかでチフスに罹り、一九四五年三月頃、十五歳の生涯を終える。

photo: kasane nogawa

小林エリカ

一九七八年東京生まれ。マンガ家、作家。著書は、アンネ・フランクと実父の日記を巡る『親愛なるキティーたちへ』、「放射能」を辿る歴史コミック『光の子ども』など。二〇一四年、『マダム・キュリーと朝食を』が第二十七回三島賞候補、第一五一回芥川賞候補となる。クリエイティブ・ガールズ・ユニット〈kvina〉のメンバーでもある。

あなたになら、これまでだれにも打ち明けられなかったなにもかも
お話しできそうです。
どうかわたしのために、大きな心の支えと慰《なぐさ》めになってくださいね。

——『アンネの日記』より

『アンネの日記』との二度の出合い

私は、二〇一一年に『親愛なるキティーたちへ』というアンネ・フランクと私の父、そして私自身の日記を用いた本を出版させていただきました。

『親愛なるキティーたちへ』小林エリカ著。リトルモア、二〇一一年。

今日は二〇一三年五月二十九日です。アンネは五月二十九日には日記を書いていないのですが、三十一日水曜日の日記があって、そこで前日、前々日と振り返り、二十九日のできごとを書いています。

一九四四年五月三十一日、水曜日

親愛なるキティーへ

土曜日から日曜、月曜、火曜と猛暑《もうしょ》がつづいて、文字通り万年筆を握《にぎ》ることもできませんでした。それであなたにも手紙が書けなかったというわけです。配水管《はいすいかん》がイカれたのは金曜日でしたが、その修理が土曜日に行なわれました。午後にはクレイマンさんが訪ねてきて、お嬢《じょう》さんのヨーピーのこととか、彼女がジャック・ファン・マールセンとおなじホッケークラブにはいっていることとか、いろんな話をしてくれました。日曜日にはベップがきて、どこにも押《お》しいられた形跡《けいせき》がないことを確かめたあと、いっしょに朝食をとってから帰りました。月曜日（聖霊降臨節《せいれいこうりんせつ》の休日の二日め）には、ヒースさんがこの家の見張り役を務めてくれ、ようやく火曜日になってから、また窓があけられるようになりました。聖霊降臨節の季節に、これほどよく晴れて暖かい、いえ、暑いとさえ言える日がつづくなんて、まったく珍《めずら》しいことです。こういうときのこの《隠れ家》の暑さたるや、言語に絶しています。この数日の暑さを説明するために、ここで持ち出された愚痴《ぐち》の一端《いったん》をご紹介《しょうかい》することにしましょう――

土曜日――午前ちゅうは、だれもが口々に、「すばらしい。申し分のないお天気だ」そう言いあいましたが、午後になって窓をしめなくちゃならなくなると、それが、「これほど暑くさえなけりゃ、文句なしなんだけど」に変わりました。

日曜日――「じっさい我慢《がまん》できないわ、この暑さには。バターは融《と》けるし、家じゅうどこへ行ったって、涼《すず》しいところなんかぜんぜんない。パンはぱさぱさ、ミルクは腐《くさ》る。窓はあけられない。世間じゃみんな聖霊降臨節の休日を楽しんでいるっていうのに、かわいそうにあたしたちだけが無視されて、ここの暑さに窒息《ちっそく》しかかっているんだから」（これはみんなファン・ダーンのおばさんです）

次の、月曜日というのが、七十年前の今日と同じ日のことになります。

月曜日――「足が痛い。服だって涼しいものなんか一枚もない。この暑さじゃ、お皿を洗う気にもなれない」朝早くから、夜遅《おそ》くまで、愚痴のこぼしっぱなし。聞いているだけで気がへんになりそう。

いまでもこの暑さにはやりきれませんけど、それでもきょうはかなり風があるので、まだしもほっとします。それに太陽はいまだにさんさんと輝《かがや》いていますし。

じゃあ、また。アンネ・M・フランクより。

私は『アンネの日記』に十歳のときに初めて出合いました。家の本棚に置いてあったのを夢中になって読んだのが、本を最後まで興奮しながら読むという初めての経験だったと思います。そのとき私は十歳だったので、アンネ・フランクはユダヤ人だとか悲劇の少女というよりは、二歳年上のお姉さん、あこがれの存在で、可愛くて美しくて賢くて、戦争で大変ななかでも強い意志をもって生きて、素晴らしい文章を書いている人という印象をもちました。

自分が三十を過ぎ、父の八十歳の誕生日を祝うために実家に戻ったときに、父の十六歳から十七歳のときの日記をたまたま見つけました。そのとき、父がアンネ・フランクと同じ年、一九二九年の生まれだったことに気づきます。ということは、父が八十歳の誕生日を迎えるのであれば、アンネ・フランクもその年の六月には八十歳の誕生日を迎えていたはずです。そこから、「アンネの日記と父の日記を持って、アンネの足取りを、亡くなった場所から生まれた場所まで旅してみよう、そして私自身も日記をつけてみよう」と思い立ちました。

父
小林司［一九二九〜二〇一〇］精神科医、作家、翻訳家。フロイトの研究者として著名な一方、エスペランティストとしても知られ、百冊以上の著訳書を刊行している。シャーロックホームズ関連の共著訳も多い。

アンネの足跡をたどる旅

私はアンネ・フランクの足跡、つまり、アンネ・フランクの旅した、というか、旅させられた場所をたどりながら旅をしました。

旅の最初はアンネが亡くなったベルゲン・ベルゼン、ドイツの、ハンブルクにも近い北の街です。ベルゲン・ベルゼンから南に下がっていくと、ポーランドの古都クラクフがあります。その街からほど近い場所にアウシュヴィッツの強制収容所があります。そこから再び北へ行ってオランダのベステルボルク中間収容所の跡地に行きました。それは森のなかにあり、焼き払われて土しか残っていませんでした。そこから西に下がったところがアムステルダム。アンネが『アンネの日記』を記した〈隠れ家〉があった場所です。アムステルダムの〈隠れ家〉に潜むよりも前に住んでいた家もあります。そこから南へ向かい、ドイツのフランクフルト・アム・マインへ行きました。そこには、育った家と生まれた家の二軒があります。

このように、私はアンネの足取りを逆に遡るようなかたちで、フランクフルト・アム・マインを目指して旅をしながら日記をつけました。そして、アンネの日記と私の父の日記の同じ日付のものをずっと読んでいきました。

父の日記は、「日記帖」と書かれた一冊のノートで、十六歳から十七歳、一九四五年から四六年にかけて書かれたものです。最初の日記は「昨夜も空襲は無かった。五時頃に警報発令、一機若狭湾を偵察」と始まります。それから次のページには「又一日命が延びた」と墨で記されている。あとは砂糖入りの肉を食べたとか、憧れの四高の授業が早く始まってほしいとか、友だちと遊んだこと、読んだ本から好きな女の子は内緒といったことまで書かれています。

私がとても驚いたのは、アンネの日記もそうですが、戦争というとずっと戦争をしているイメージがあったのですが、お腹がすいたり、勉強をしたり恋をしたりという普通の日常が端々に出てくることでした。父の日記にも、敗戦間近の日に本屋に行ってこっそり微積分の本を買おうとしたり、土のなかに大事な巻物を埋めたり、そういうことが記されていました。日本人である父とユダヤ人であるアンネ・フランクは、歴史的に見れば敵対していた立場にあります。ただそれと同時に私にとってはどちらも本当に大切な人であることに違いはありません。

父はそのまま生き延びたので、戦後も日記が続いています。一九四五年の敗戦の後すぐに進駐軍が来たこととか、そのあと学校で合唱を始めたことなどが書かれています。日記には、美術館のチケットとか押し花とかもバラバラとノートに大事に挟まれていました。ノートが貴重だったのでしょう、文字はびっしりと書かれています。

五月二十九日水曜日、薄曇り、温。

五限後、三時まで時間があったので、図書室でイプセンの『海の夫人』を読んだ。三時より北陸女学校でコーラス発表の練習。幻滅を感じた。練習不足

これが一九四六年の、六十八年前の今日と同じ日の父の出来事でした。そういうかたちで、毎日同じ日付の『アンネの日記』と父の日記を読み、自分の日記をつける、それを本にまとめたのが、この『親愛なるキティーたちへ』です。

ひとつずつ場所を遡っていったのは、最初お友だちに旅の計画を話したときに、「最後に強制収容所に行くことになると、暗い気持ちになって終わることになるだろうから、逆にたどった方がいいんじゃない」というアドバイスをもらったからです。「それもそうだな」と軽い気持ちで実行に移したのですが、実際に死から生へ遡って辿ることで、気づくことがたくさんありました。ひとつの場所を訪れるごとに、もしもあと一カ月早く戦争が終わればアンネは助かったんじゃないかとか、もしもオランダが占領されなければ助かったのではないかとか、ひとつひとつもしもが増えてゆくので

イプセン『海の夫人』
ヘンリック・イプセン（一八二八〜一九〇六）はノルウェーの劇作家、詩人。近代演劇の創始者。日本の新劇運動にも大きな影響を与える。『海の夫人』は、自由を求める女性の強い意志と愛情を描いた戯曲。

す。そうするうちに最後は、じゃあもしもあのとき、誰もナチスに投票なんてしなければ、ということになる。だんだん、ひとりひとりの選択がひとりの少女の「生きる・死ぬ」という可能性を握っているのではないかと気づかされました。

私はマンガを描いたり絵を描いたりする者なので、旅をしながらドローイングをするのですが、ドローイングをするときは必ずその場でスケッチブックとペンを取り出して描くようにしています。つまり収容所だったら、収容所その場でドローイングをするのです。雨が降っていれば、インクは滲む。ドローイングをまとめた映像もつくったのですが、そこに流れている音楽は、「アイネ・クライネ・ナハトムジーク」という曲です。アンネがラジオでこの曲を聞くというくだりがあって、「美しい音楽を聞くと、きまって心のうちに感動がうずまき、とてもおとなしく部屋のなかになんかすわっていられないほどになります」と書いています。

その旅は二〇〇九年の春でした。旅をしているときに水仙の花やチューリップの花が収容所に咲いていたのですが、春が訪れるたびに、水仙やチューリップの花を見るたびに、そのときのこと、その場所のことを思い出します。

アイネ・クライネ・ナハトムジーク
モーツァルトが作曲したセレナードのひとつ。

知らない娘、知らない父を知る

——アンネの日記には、かなりきつい表現や激しい言葉が出てきます。十歳で初めて読んだ時、びっくりされませんでしたか。

逆に十歳だったので、その言葉がすごく響きました。大人になってから読み返すと、「アンネ、意外と手厳しい」とか思うのですが、十歳の頃は、「あ、わかる」と思っていました。アンネって結構お母さんに批判的なんですよね。「うちのおかあさんや、ファン・ダーンのおばさんや、その他大勢の女性たちのように、毎日ただ家事をこなすだけで、やがて忘れられてゆくような生涯を送るなんて」とアンネが書いていますが、それにすごく共感していました。「わたしの望みは、死んでからもなお生きつづけること！」とアンネが書いていたのを、私も真に受けて、「ああ、私も作家になりたい」と子ども心に思いました。いまとなっては、私もアンネのお母さんの方が年齢も近いのです。だから、もしも自分がこんな状況に置かれたらアンネのお母さんのように振舞えるだろうか、とかお母さんの気持ちもすごくわかるし、お母さんもひとりの女であることがむしろ見えてくるのですが、十代の頃は、アンネの言葉をただ夢中で信じるような感じで、大人になったらアンネのような強い気持ちをもった女性になりたいと思っていました。逆にいうと、アンネが三十歳、四十歳になっていたらどういうことを書いただろうと興味をもちます。

父親のオットー・フランクさんがアンネの日記を初めて読んだときのことを語ったインタビュー映像が残っています。旅で〈隠れ家〉を訪ねたときに見たのですが、そこでお父様が、自分の知っている娘と違う娘だと感じ、「ただ、ひとつ言えることは、親は子どものことを、本当は何も知らないということです」と言っていたのがとても印象的でした。

それを見ながら、私自身は逆に自分の父のことを思いました。いつも大人で、常に父親らしく、威厳があったその人が、十六歳や十七歳の思春期に、ぼんやりした不安をかかえ「森鴎外・芥川龍之介の哲学めいた處を讀んでみたが一向分らない。嗚呼高校生にも悩みは深い！　これは俺一人のみのことであらうか」と日記に書いている。そういう悩める父がかつて十代の頃いたというのが、私にとってはすごく新鮮でした。十年以上も一緒に暮らしてきた、しかも自分の父であるその人のことを何も知らないのだということに、私はとても驚きました。逆にいうと、文字にされたときにしか――日記にしてもそうですが、その人の心のうちを知ることができないし、どれだけ

オットー・フランク
［一八八九〜一九八〇］銀行業を営むユダヤ人家庭に生まれる。ユダヤ人資産家の娘エーディットと結婚。二女（マルゴーとアンネ）を授かる。アンネの死後、彼女の日記を出版。一九六三年「アンネ・フランク財団」設立。死ぬまでアンネのメッセージを伝えることに尽くした。

長い時間を一緒に過ごそうとも知ることができないところがあるということに気づかされました。

ひとりの人間を通して歴史を知る

どうして私自身も日記を記したいと思ったかというと、やはりアンネの言葉があったからです。

一九四四年四月五日、水曜日
だれよりも親愛なるキティーへ
(…)わたしはぜひともなにかを得たい。夫や子供たちのほかに、この一身をささげても悔《く》いないようなにかを。ええ、そうなんです、わたしは世間の大多数の人たちのように、ただ無目的に、惰性《だせい》で生きたくはありません。周囲のみんなの役に立つ、あるいはみんなに喜びを与える存在でありたいのです。わたしの周囲にいながら、実際にはわたしを知らない人たちにたいしても。わたしの望みは、死んでからもなお生きつづけること!

アンネは、「なぜなら、書くことによって、新たにすべてを把握《はあく》しなおすことができるからです。わたしの想念、わたしの理想、わたしの夢、ことごとくを」と書いていて、この言葉が子どもの頃の私にすごく響き、「私もこういう作家になりたい！」と思いました。もちろん、いま三十を過ぎて現実に書く仕事をしていると「ああ、難しいな」と思うこと、全然うまくできないこともたくさんあります。アンネ自身は亡くなってしまいましたが、この日記が読み続けられることで、生き続けるということを獲得できたのかと思うと、しみじみ感慨深いです。

——エリカさんの本を読んでいると、過去を自分なりに解釈して知っていくことがいまにつながっていることを感じるのですが、どうやったらそんなふうにすてきに歴史を知っていくことができるのでしょうか。

私自身がすごく戦争に興味があるとか、歴史を学びたいといった思いがあったわけではありません。アンネが「将来はジャーナリストか作家になりたい」と書いていたので、私もジャーナリストになって戦争のこととかをみんなに伝えられたらというような壮大な夢をもったことはありました。

けれどいま、私が書こうとしていることはとても私的なことです。どのようにして父や母から私が生まれ、いまなぜ私はここにこうして生きているのか、ということを知りたい。ただ、それをずっと考えてゆくと歴史という大きなものにどうしても触れざるを得ない。

父は、十六、七歳のとき、学徒動員され、富山で飛行機をつくらされたりもしています。父の父は軍医でハルピンの方にいたので父も子どもの頃はハルピンで育っており、父の父は戦争が終わってもラバウルにいました。父は戦争の時代のなかで育ってきたのです。しかし、目の前にいる父はあっけらかんとしている。父もまた医者だったのですが、「やっぱり作家になりたい」と思い定め、あるときから作家に転業します。ユダヤ人の虐殺の歴史をなんとしても伝えたいという気持ちがあったようで、七十年代にアウシュヴィッツに行って記事を書いたりもしています。私にとっての父は反戦思想を持ったリベラルな人という印象でした。

しかし父の日記を読んでいると、なんとしてでも勝ちたいという思いが強い。敗戦した日の日記もあるのですが、天皇陛下の玉音放送を聞きながら「ちょっとくらっとした」と書かれていて、それを読んだときに、あんな父が、かつて戦争の中でそんな

ハルピン
中国の黒竜江省にある都市。日露戦争後は、日本軍による満州経営の中核となる南満州鉄道が設立された。

ラバウル
パプアニューギニアのニューブリテン島にある都市。一九四二年に日本軍が占領。約九万の日本軍が配備され、ラバウル航空隊の拠点となり、一九四五年の終戦まで日本軍が占領していた。

ふうに考えていたことがあったのだということに驚きました。

私のなかでの第二次世界大戦とは、いつも防災頭巾をかぶった、いまとは違う服を着た人がやっている、どこか別物のようなイメージだったのですが、父の日記を読んでいるとそれだけではないし、片方ではあれだけ「鬼畜米英」なんていいながら、父は英語も勉強しているし、ドイツ語も勉強している。そうやって勉強もしていてちゃんと学校に行っていた人たちが戦争をしていたということが、よく考えればあたりまえなんだけれど、私にとっては衝撃でした。

歴史の教科書に載っているようなことではなくて、そこに生きるひとりひとりのことをもっと知りたくて『親愛なるキティたちへ』を書きました。この本のなかにも書いていることですが、ベルゲン・ベルゼンの収容所に行くとき、ツェレという街に宿泊したのですが、そこはとても可愛らしくて「北の真珠」と呼ばれるような街で、昔から住んでいる人もいる。かつては収容所行きの列車が行ったり来たりして、人が次々殺されていた。そういうことを周りの人はどう見ていたのかなと思いました。

ひるがえって、自分のいまの状態を未来から見たとき、いまこの時にも続いている争いに自分が無関心でいることは、「あのときの人は、どうしてなにも言ってくれなかったのだろう、助けの手をさしのべてくれなかったのだろう」と思うのではないかと私は思いました。

日記は、真実である

――お父様は日記というとてもプライベートなものが公表されることをどう思っておられたのでしょうか。

私が父の日記を見つけたのは、父がまだ生きていた頃のことです。だから、本人にもそのことを言ったのですが、まったく興味がないという感じでした。「見てもいいの？　本に書くよ？」と言っても、「あまりに昔のこと過ぎて自分のことじゃないみたいだから、ピンとこない」と言っていました。

私は、父の八十一歳の誕生日のときに、父が日記を書くところを撮ったビデオ作品を作りました。その頃、父は具合が悪くてずっと寝ていたのですが、そのビデオを回し始めたとたんに、「今日は本を何冊読んだ」なんて現実とは全然違うことを書き始めたのです。それを見たときに私はすごく感動して、「父は作家なのだ」と心から思いました。それはただ単純に嘘を書いているということではなくて、書くという行為に、心のうちを託したり、そうありたいと思う切実さを持って向かい合っていたのです。

――アンネも人に読ませるように書き直したものと元の日記というのがありますが、エリカさん自身は『アンネの日記』を読んで、日記を書かれましたか。

私は小説を書く方が好きだったので、日記は特につけたことがありませんでしたが、デビューから二作目に、『空爆の日に会いましょう』という本をマガジンハウスから出させていただきました。九月十一日のことがあって、そのあとアメリカがアフガニスタンに空爆をしました。いまこの同じ時に、アフガニスタンでは人が殺されているにもかかわらず、私はその人の名前も、どんな人生だったか、どんなものが好きだったのか、それどころか私は殺された人がいったい正確には何人いたのかさえ知ることができないということに、なにも知らないということに、すごく不服だったのです。

空爆があって、その日に殺されている人がいるという現実を忘れずにいるためにはどうしたらいいのかなということを考えて、当時二十三歳だったのですが、「じゃあ、東京で私が爆弾そのものになったらどうかな」と思い立ちました。私がその日のニュースで知った、死んだ人数と、その日に空爆があった場所を、人の家に泊まりに行ってその

アンネの日記
自分用に書いた日記と、公表を目指して書き直した日記の二種類が存在する。

『空爆の日に会いましょう』
小林エリカ著、マガジンハウス、二〇〇二年。

九月十一日のこと
二〇〇一年九月十一日にアメリカで発生した同時多発テロ事件。

人に伝えて、泊まりに行った先で食べた朝ごはんや、聴いた音楽、どんな部屋で寝たか、その人がどんなことが好きかといったことを書き留めたのです。そうすることで、その人は私を思い出すとき、その日に別の場所で何が起きていたのかを思い出すことができる。私自身も再びその人に会ったりその場所を訪れると、その日のことを思い出す。

『空爆の日に会いましょう』や『親愛なるキティーたちへ』を出したときに、「これは本当のことですか、嘘ですか」とよく訊かれたのですが、それは意味のない質問だと思っています。その時にその人の手によって書き記された言葉が、その時のその人にとっての切実な真実であり、それこそが日記なのだと思っています。そういう意味で日記の形式をとった文学が、私はすごく好きです。

偶然と必然

——アンネとお父様が同じ年に生まれたことに触発されたように、エリカさんは、歴史における偶然と必然、同じ日の異なる場所で起こったことのつながりや同時性をお書きになります。

『親愛なるキティたちへ』を発表させていただき、「日記の内容に合わせて旅程を組んだの？」と尋ねられたのですが、そんなことはなく、たまたまその街に着いてから開いて読んだということがほとんどでした。ちょうど私が東京に帰ってくる日のアンネの日記は、私も大好きなところなのですが、初めてキスをして、「その日にちを覚えていてね」と書いている日でした。本当に偶然にも。

一九四四年四月十六日、日曜日
だれよりも親愛なるキティーへ
きのうの日付けを覚えておいてください。わたしの一生の、とても重要な日ですから。もちろん、どんな女の子にとっても、はじめてキスされた日と言えば、記念すべき日でしょう？　だったら、そう、わたしにとっても、やっぱりだいじな日であることは言うまでもありません。（…）日曜日の朝、十一時ちょっと前。
じゃあまた、アンネ・M・フランクより

私の生きているこの曜日のこの時間の、何年も前の同じ日に、もちろん場所は違うのですが、こういうことをして、「覚えていてください」と書いた少女が生きていたのです。よく考えれば一年には一日ずつ日にちがあって、それが何年も続いているわけですから、ある同じ一日にもさまざまな場所ですごくいろいろなことが起きているわけです。けれど同時に、年ごとに季節は巡って、春になれば去年と同じ花が咲く。時に戦争もあればそうでない時もある。そして、その一日には決して同じ一日は存在しない。その不思議をすごく感じました。

アンネの旅をしながら、偶然とか必然というのはなんだろうということをすごく考えさせられました。アンネの日記が残ったことは、アンネが死んでしまったことは、本当に必然なのか。「なぜ?」を考え始めるときりがない。私はそれまで運命ということを軽く考えていたし、運命ってあるよね、みたいに考えていました。でも、アンネが死んでしまったことは、私の父が生きのびたことは、運命だとか、そんな言葉で片付けられるものなのでしょうか? だから、運命なんて本当はない、といまの私は思っています。それはひとりひとりの手でもしかしたら変えることができたかもしれない瞬間の積み重ねにすぎない、と私はこの旅を経て考えるようになりました。

――旅のなかで一番意外だったことや、心を動かされたことは何でしたか。

意外といえばすべてが意外でした。強制収容所やアウシュヴィッツといえば、白黒写真の怖いイメージがあったのですが、実際に行ったときはすごくお天気がよくて、ちょっと気持ちいいぐらいで、お花が咲いていて……。アウシュヴィッツの収容所のまわりに団地があることも知りませんでした。アウシュヴィッツ行きのバスの車内ではスーパーの袋を片手にみんな携帯電話で話していて、収容所の隣では子どもがサッカーをして遊んでいて、街まで帰ればスーパーも華やかだし……。こんなところだったのだということをもっと早く知りたかったな、というのが正直なところでした。

戦争について語るとき、悲惨さや悪い面を強調するのももちろん大事だと思うのですが、悲惨さにばかり目を奪われて、「ああ、大変な時代もあったのね」と私はそれをまったく別の世界の出来事のように捉えていたんだなと思いました。強制収容所や戦争の跡を前にしたときには、とにかく戦争のことだけを深刻に考えなきゃいけないと思っているところがあった。だけど実際には、私はその芝の青さとそこに咲く花の美しさに見とれてしまったりもするし、途中でお腹が減ってしまったりもする。それは日常と地続きにあるんです。そういうことをきちんと書き留められたらいいなと思っていました。

アンネ・フランクの〈隠れ家〉がいまはミュージアムになっていて、それがとても素晴らしいのです。家具は連行されたときにナチスが持っていってしまったのでなくなっているのですが、壁だけは残っています。アンネは華やかで可愛いものが大好きで、自分のファッションスケッチとか、映画スターたちの切り抜きなどが壁に貼ってありました。その壁の中に、私も知っているスターを見つけたときに、戦争というのは遠い別の世界のものではなく、自分と同じような憧れを持つごくあたりまえの女の子の日常にも繋がっているものなのだということをひしと感じました。

本は生きていくための手がかり

――アンネは、〈隠れ家〉生活の悲惨さだけではなく、喜びやおもしろさも生き生きとしたディテールとともに描いています。

本当にそれはアンネの筆の力だと思います。もちろん〈隠れ家〉生活はすごく苛酷なものだったと思うのですが、それをこういうふうな文章で残せるアンネってすごいです。「書いていさえすれば、なにもかも忘れることができます。悲しみは消え、新たな勇気が湧いてきます」とアンネ自身も書いていますが、何回も何回も書き直し、何度も自分で校正していて、書くことで乗り越えようとする、そういう力をもっている人なのだと思います。アンネはすでに私よりも年下になってしまったのですが、いまだにそこは憧れるところです。自分自身も、書くことですべてを捉え直したいと、書くことを通して勇気を持ちたいという気持ちがあります。

本は私にとってはすごく切実なものです。私は書き手でもあり、読み手でもあるわけですが、十歳のときに十三歳のアンネに多くを学び、アンネに憧れたように、これからどうやって生きてどんな大人になればいいんだろうとか、悩んでいるときにどうしたらいいかといったときの手がかりとして本というのはあるように思います。それは自分より少し長く生きている人生の先輩が書いた言葉なのですから。『アンネの日記』が心に響いたように、それが何年前のものであっても、時代や国を超えて、同じ気持ちをもっていたり、同じようなことに悩んでいたり、あるいは違うこと、知らなかったことを書き記した人がいるということが、私にとってとても大事なことなのです。それだからこそ私は本がすごく好きなのです。

ポテトのサンドウィッチ

現在もアンネ・フランク一家の隠れ家が残っているオランダのアムステルダム。オランダの家庭料理は煮込んだり、茹でたりするものが多いようです。茹でた熱々の男爵芋に、オランダの伝統食ニシンの塩漬けと細かく刻んだらっきょうを混ぜたら、塩味と酸味が絶妙なポテトサラダの出来上がり。最後にディルを散らして。

[材料 2人分]

食パン8枚切り2枚、男爵芋4個、甘酢らっきょう10粒、ニシンの塩漬け（アンチョビ）2切れ、ディル1本、EXVオリーブオイル塩各適宜

[作り方]

① 男爵芋を串がすっと通るまで茹でて、熱いうちに皮をむき、木べらでさっくりとほぐす。

② ①に米酢、細かく刻んだ甘酢らっきょう、ニシンの塩漬け(アンチョビ)、ちぎったディルを加えて程よく混ぜる。

③ オリーブオイルで味を整えて全体的にしっとりとさせる。足りなければ塩で味を整える。

④ 食パンに③を挟み、上からぎゅっと押さえてパンに馴染ませ、温めた包丁でパンを4等分に切る。

『赤毛のアン』を読む

L・M・モンゴメリ 著

森本千絵

コミュニケーションディレクター

『赤毛のアン』

カナダの作家L・M・モンゴメリによる長編小説。プリンス・エドワード島アヴォンリーの老兄妹に、ちょっとした手違いから引き取られた十一歳の孤児アン・シャーリー。好奇心旺盛で想像力豊かなアンが、腹心の友と出会い、愉快な事件を次々と起こしながら、少女から女性へと成長していく姿を描く。一九〇八年の発表後、大人気となり、続いて『アンの青春』『アンの愛情』などアンやアンをめぐる人々を描いた十一冊が執筆される。四十カ国語以上に翻訳され、日本では一九五二年に村岡花子の訳により「赤毛のアン」というタイトルで出版された（原題の *Anne of Green Gables* は、直訳すると「緑の切妻屋根のアン」という意味）。幾世代にもわたって世界中の読者に読み継がれる永遠の名作である。

◎セミナーでの使用テキスト
『赤毛のアン』 L・M・モンゴメリ著、村岡花子訳 新潮文庫

L・M・モンゴメリ

一八七四年カナダ、プリンス・エドワード島に生まれる。一歳九カ月で母と死別、祖父母に育てられ教師になる。三十歳で書き始めた最初の長編小説『赤毛のアン』が世界的なベストセラーとなる。三十六歳で長老派教会牧師と結婚。「赤毛のアン」シリーズの他、自伝的要素の強いエミリーのシリーズなど生涯に二十冊以上の著作を残す。一九四二年死去。『赤毛のアン』原作誕生百周年にあたり、孫娘がその死因をうつ病による自殺と公表した。

photo: Kazumi Kurigami

森本千絵

一九七六年青森県生まれ。コミュニケーションディレクター。武蔵野美術大学卒業後、博報堂入社。二〇〇六年、史上最年少で東京ADC会員となる。「出逢いを発明する。夢をカタチにし、人をつなげていく」を掲げ、goen°設立。東日本大震災復興支援CMサントリー「歌のリレー」でADCグランプリ初受賞。企業広告、アートワーク、本の装丁、映画や舞台の美術など多岐に渡り活躍。日経ウーマンオブザイヤー二〇一二・準大賞、第四回伊丹十三賞など受賞多数。著書に『うたう作品集』がある。

年は十一歳ぐらい。着ている黄色がかった灰色のみにくい服は綿毛交織で、ひどく短くて窮屈そうだった。色あせた茶色の水平帽の下からはきわだって濃い赤っ毛が、二本の編みさげになって背中にたれていた。小さな顔は白く、やせているうえに、そばかすだらけだった。口は大きく、おなじように大きな目は、そのときの気分と光線のぐあいによって、緑色に見えたり灰色に見えたりした。

ここまでが普通の人の観察であるが、特別目の鋭い人なら(…)、この大人びた家なしの少女の体内には、なみなみならぬ魂がやどっている、という結論に達したことであろう。

——『赤毛のアン』より

母が与えてくれた

このセミナーのお話があって、久しぶりに『赤毛のアン』を本棚の奥の方から引っ張りだしてきました。アンを知ったのは、母にこの本を与えられたのがきっかけです。「こういう娘になりなさいよ」という母からのメッセージだったのでしょう。

幼いときなので、遠い記憶となって、細かいところまでは覚えていないのですが、当時は、登場人物それぞれの関係性や、どうやっていじめを克服していくのかとか、アンが周囲の人々と打ち解けていく様子など、ひとつひとつのエピソードに興味を持って読んだように思います。

――アンはすごく感受性が豊かで、想像力にあふれています。そんなアンの姿と森本さんが重なってしまい、今回のセミナーをお願いしたいと思いました。

アンは自分の容姿にコンプレックスを持っていますが、私も小学校高学年、十一、二歳ぐらいの頃からすでに身長が一六三センチあって、「背が高くて気持ち悪い」と言われていました。そんなこともあり、アンへの親近感をもちました。

小学校一年生のとき、「私の名前は森本千絵です」と自分の名前が言えず、「森本千絵さん」と呼ばれても「はい」と返事ができませんでした。学校で先生から勉強を教わっても理解できなくて、空想の世界に入っていってしまうような子どもでした。

小さい頃は母のつくり話を枕元でよく聞いていました。「あるところに三つ編みの女の子がいました。その子は友だちがいなくて、森のなかにいつも入っていって、一人の時間を楽しむのが好きでした」。ところが母は途中で寝てしまい、「続きは？ 続きは？」と訊くと、森ではなく、広場に話が飛んでいってしまう、というようなことがよくありました。

私の母は台湾出身で、小さい頃から両親と離れて暮らしていました。台湾から日本に来て、妹と二人、手をつなぎながら、この線路を歩いていったら両親のところへ辿りつけるかもしれない、と線路を歩いていて補導されたりしたそうです。そんな幼い頃の母のエピソードを聞いていると、むしろ母の方が私よりも赤毛のアンのイメージに近いように思います。だからこそ母は『赤毛のアン』が好きだったのだろうと思います。

想像力が友だちをつくってくれた

母は、妄想というか空想の中に生きている人でした。そんな母に育てられたひとりっ子の私もまた、どうしても空想の世界に行ってしまいます。この扉を開けたらこんなことが起こるかもしれない、怖いから外に出るのはやめようとか、悪い想像も含めていろいろなことを想像してしまうのです。そんな風でしたから、同い年の友だちと合わず、教室でのルールもよくわからず、自分の名前をちゃんと言うこともできないまま、ずっと絵を描いたり、ぼーっとしていました。先生からは「何を考えているのか、わかっているのかわかっていないのかもわからない」と言われていました。

小学校のときに何かわからないけれど胸が熱くなったことがありました。多分初恋だったのでしょう。「アベくん」という男の子に手紙を書いてみようと思いました。「チョコレート公園」と呼んでいた素敵な公園があり、「チョコレート公園に行って一緒に匂いを嗅ぎませんか」みたいなことを書きました。ところが恥ずかしくなってしまって、差出人にクラス全員の女の子の名前を書いちゃったんです。朝の授業で先生が、「こんな手紙があるけど、アベくんが差出人を知りたがっている」と言って、出欠を取るような感じでみんなに訊いていきました。「上原さん」「違います」というように。「森本さん」と呼ばれたのですが、私は「違います」と答えてしまいました。実は先生は、筆跡から誰が書いたかわかっていたのだと思うんです。掃除の時間に「森本さんは本当は誰が書いたか知っているんじゃないの？」と訊かれました。でも私は「二年生の子が朝うろうろしていました」なんてつくり話を重ねたりして、自分であるとは言いませんでした。結局チョコレート公園には行きませんでした。私はそういう子だったのです。

――アンはいろんなものに自分で名前をつけてしまいます。

あそこを並木道なんて呼んじゃいけないわ。そんな名前には意味がないんですもの。こんなものにしなくては――ええと――『歓喜の白路』はどうかしら？　詩的でとてもいい名前じゃない？　場所でも人でも名前が気に入らないときはいつでも、あたしは新しい名前を考えだして、それを使うのよ。

私の母もすべてに自分で名前をつけてしまう人でしたね。「○○の窓」とか。そして小さい頃の話をすると「悲しくてたまらないの」と言って、よく泣いていました。

小学校三年生のとき、先生が私の算数のノートをほめてくれたことがありました。私は「10＋20＋……」という数式をリンゴやバスケットの絵にしていたのです。「これはおもしろいノートだね」とみんなの前で言ってくれて、それで友だちが少し認めてくれるようになって、徐々に友だちと会話ができるようになっていきました。また、想像力を使って友だちにメッセージカードを書いたり、友だちの目に見えない姿をつくり話にして絵を描いたりしました。そうするうちに、ちょっとずつ友だちが増えていきました。心の中ではいつも、友だちにとって必要とされる人になりたいと願っていたのかもしれません。

──青森県三沢市のご出身です。

祖父は米空軍基地の制服を仕立てるテーラーでした。私はその生地を使って洋服をつくったり、布に絵を描いたりコラージュしたりしていました。祖父のゴミ箱を漁って、布を拾ってくるのが楽しくてたまりませんでした。

──それが、大きくなってものづくりを仕事とする土台になったのですね。

そうですね。美大を受験するために予備校に通い始めると、絵を描くのも楽しかったのですが、予備校の守衛室へ行って、守衛のおじさんのそうじを手伝ったり、一緒に将棋をさしたり、学校を飛び出して、いろんな大人とやたらと関わりたくて、先生の家に何かを持っていったり、いろんな人に話しかけたりしていました。人と関わるのが好きだったのです。

――『アンの幸福』という巻があります。森本さんにとっての幸せとはなんですか。

私は、意外とネガティブなことをいっぱい想像するんです。歩いていても、「この次のビルで、上から大きなものが落ちてきて私はきっと死ぬ」とか。そうすると、次のビルを通りすぎただけで「あ、生きてる！」と感激する。とことんマイナスなことを想像していると、ちょっとした誰かの御礼の言葉とかだけで、一二〇％以上嬉しくなったり、当たり前に食べているものが、すごく美味しくなったりします。

『アンの幸福』
一九三六年に発表。『赤毛のアン』シリーズ第四作目にあたる作品。大学を卒業したアンと医者を目指すギルバートの婚約時代を描く。

人間は自然の一部

――アンはプリンス・エドワード島の豊かな自然のなかで想像力を育んでいきます。森本さんはサーフィンをなさっていますが、自然との関わりは、クリエイティブな仕事に影響がありますか？

サーフィンを始めたきっかけも、人を好きになったことでした。その人がサーフィンをしているところまで追いかけていったのに、肝心のその人は海外かどこかへ行ってしまって、私は師匠と残され、なぜかサーフィンの特訓が始まったのでした。「私、なんでサーフィンしているんだろう？」と思いながら知らない間に虜になっていきました。海側から見る岸が美しくて、特に松林だとなお美しい。いま日本ではそういうところは二カ所ぐらいしかありません。堤防ばかり建ててしまったからです。堤防は人間が勝手にアウトラインを引いてしまったものだから、自然と共生していることにはならない。

波の上に立っていると、だんだん他のことが考えられなくなって、体のアウトラインが失われていきます。自分の魂というか心臓だけが浮いているような気分になるのです。人間は海から出て陸に上がったといいますが、サーフィンをやっているとだんだん海に戻っていくような気がします。それこそ海に甘えるではないですが、自分をさらけ出し、大きなものに包まれているような気持ちになるのです。

数年前に三階建てほどの高さもある波にのまれ、死にかけたことがありました。そのとき、「自然を守ろう」なんてよく言うけれど、守る守らないの問題ではないぐらいに自然はすごい存在で、人間は自然の中のごく一部の小さなスペースに生きさせてもらっているに過ぎないということを感じました。それまでは自分が世界を救うぐらいの勢いで、環境に取り組むプロジェクトに参加させてもらったりしていましたが、そういうことではなくて、ただ自然を体で感じて共生していくということ。それが私にとっての自然との関係であることに、そのとき、気づいたのです。

「goen°＝ご縁」からはじまる

——二〇〇七年に独立されました。

初めは博報堂という広告代理店にいました。独立したきっかけは、祖母の死でした。祖母が入院していた当時、明るい気持ちになるように病室のカーテンをピンクにしたり、宣告されていた祖母の死期がクリスマスより早かったので、わくわくすれば数日でも長生きするのではないかと思って、すごく魅力的なクリスマスのカウントダウンのカレンダーを病室に置いたり、いろんなことをしました。ところが、お医者さんに「そういう勝手なことはだめです」と言われて、ものすごいケンカになりました。亡くなった後の対応もショックでした。クリアボックスにベッドにあった持ち物や祖母が話しかけていた人形をバサッと入れて、廊下に出したりするんです。さっきまで、そこに祖母がいたのに。その想像力のなさにすべてが嫌になって、つい勢いで独立してしまったのです。

「なにもかも変わってしまうのね　変わろうとしているんだわ」ダイアナは悲しげに言った。

「あたし、ものごとが二度と元の通りにはならないという気がするのよ、アン」

「あたしたち、わかれ道にきたのじゃないかと思うわ」アンは考えこみながら言った。

「どうしてもこなければならなかったのよ、ここへ。ねえ、ダイアナ、大人になるって、あたしたちが子供のころ、いつも想像していたほどに、ほんとに素敵なことだと思って？」

――『アンの愛情』より

――会社の名前が「goen°」です。

博報堂時代の二〇〇四年から「HAPPY NEWSキャンペーン」というプロジェ

『アンの愛情』
一九一五年に発表された『赤毛のアン』シリーズ第三作目。十八歳から二十二歳までの大学時代の物語で、アンの恋が描かれている。

「HAPPY NEWS」
二〇〇四年にスタートした、心温まる新聞記事とコメントを全国から募集するキャンペーン。森本千絵は博報堂時代に企画立ち上げに関わり、現在はゲスト審査員を務めている。

クトに関わっていました。新聞の片隅にある、心がぽっとあたたかくなったり、幸せな気持ちになったり、勇気が湧いてきたり、新しい発見があったと思える記事を切り抜いて、コメントといっしょに送ってもらうのです。

そのひとつに、中学生の男の子が毎日、血のつながりのない、近所で駄菓子屋を営む足の不自由なおばあちゃんの家のゴミ出しをしてあげているという記事がありました。それが「ＨＡＰＰＹ ＮＥＷＳ」に選ばれて、私はそのおばあちゃんと男の子に会いに行きました。おばあちゃんはその新聞記事がきっかけで、いろんな人が会いに来たり、駄菓子屋に通ってくれていた子どもたちが会いに来てくれるようになったと話してくれました。そのとき、「あなたはご縁をつくる仕事をしているのね」と言われたのです。

独立したとき、会社名は、そのおばあちゃんが「ご縁ね」と言ったことから「goen°」としました。名前というのは、立ち戻るべきところであり、ストーリーをつくるもの。自分がもしかして鼻高々になっちゃって、大切なことを見失ったときでも、立ち戻れるよう、その名前にしたんです。

いろんなお仕事を通してご縁が重なって、動物園の園長さんと知り合いになり、「動物園で個展をやってくれないか」と言われたこともありました。人生で一回も個展なんてやったことがないのに。動物園に行ってみると、個展をやる場所というのが、入園料を払って、ゾウやキツネザルなどの動物のいるところを全部通って、最後にソフトクリームなどを売っているような、小さなスペース。どうしようかと思いました。そんな所で広告を流しても、みなさんは動物を見にきているわけですから、面白くもなんともない。そこで、まずは動物と同じ目線で自己紹介をしようと思いました。自分はヒト科であって、ヒト科というものはこういう癖がある、ライオンはこうだけど森本千絵はこうだというように。また、子どもたちの目の高さの展示にしようと、全部低い台にして、全部編集し直して、ずっと膝まづいて準備しました。

動物園でやると今度は保育園の園長さんなど、園ものの依頼が（笑）。保育園やったら今度は歯医者さんが。どのお仕事も、誰かひとりの思いがつながって、知らない間に新しいことを経験させてもらって、そこでまた次のチャンスとなる人に出会わせてもらっている。ひたすらそうした「ご縁」の繰り返しのなかで仕事をしています。また「ご縁」って、意識すると増えていくんですよね。

――最近、ご結婚なさいました。何か変わりましたか？

ひょんなご縁から。変わったことといえば、元気でいなきゃいけないというか、そういう当たり前なことに責任を感じるようになったことです。相手がいるといい意味で責任を感じるのかもしれませんね。アンがこんなことを言っています。

とても安心したわ。でも大人になりだすと、たくさん考えたり決めたりしなくてはならないことができるものね。いろいろと考えることがあり、どれが正しいかをきめたりするので、しじゅういそがしいわ。大人になるってたいへんなことね、マリラ。あたしみたいにマリラや、マシュウ小父さんや、ミセス・アランやステイシー先生のようないいお友達をもっている者は、りっぱな大人にならなくてはならないわね。あたし、そのことでは責任を感じているのよ。だって機会はたった一つしかないんですもの。もし正しく成長しないとしても、もとにもどって、またやりなおすわけにはいかないんですものね。この夏は、たけがまた二インチのびてよ、マリラ。

アンごっこ

いま思いついたのでうまくいくかわからないのですが、セミナー参加者のみなさんと「アンごっこ」をしてみたいと思います。自分の欠点やいやなところ、自分がしてしまって後悔していることなどを紙に書いていただいていいですか。それこそアンは自分の赤い髪の毛がいやでしたよね。それをこちらで集めてアトランダムに皆さんに配りますので、それに対して、同じ屋根の下で誰かがこう思っている、私がアンだとしたら、つまりは想像力で、「書いた人はこんなところをいやだと思っているけれど、こういうふうにも捉えられるよね。だったらこんなところもあって素敵じゃない？」と、逆にポジティブな見方に変えて、書いていただけますか。それを読んでいきましょう。（会場の参加者が順々に読んでいく）

——誰かさんは言いました。「すごく気になる小さいことを、まあいいかと見て見ぬ振りをしてしまうこと」

——アンは言いました。「きっと大きな世界が見えているので、あなたは、もっと大きなところへ行く人なのよ」

——誰かさんは言いました。「前歯が大きくて、口を閉じれないから真顔が変になる」

——アンは言いました。「だからあなたの周りの人がみんな笑顔になれるのよ」

それは、私です。ありがとう！


——誰かさんは言いました。「お酒が弱いけど、好きだから失敗するところ」

——アンは言いました。「自慢話をする人より、失敗談をする人の方が親しみがわくわ」

——誰かさんは言いました。「洗面所の周りがびしょびしょになっていること」

——アンは言いました。「たくさんの水滴の蒸発で、お肌が常に潤うわ」


あはは。かなりの想像力！


——誰かさんは言いました。「片付けようと思うそばから部屋が散らかり、自己嫌悪の塊」

——アンは言いました。「きれいなことはいいことだけど、片付かないところから発想が浮かぶこともあると思うわ」

——誰かさんは言いました。「人に認められたい！目立ちたい！」

——アンは言いました。「自分が生きている世界にはたくさんの人がいるけれど、あなたという映画の主役はあなたなんだから、それでいいんじゃない？」

——誰かさんが言いました。「声」

——アンは言いました。「誰とも同じじゃないあなただけの声。世界で唯一の声であなたの感動を自由に伝えることが大切よ。ほかの人はその魅力に気づいているはず」

——誰かさんは言いました。「満員電車が苦手です」

——アンは言いました。「たとえば、すべての車両の窓がスクリーンで、サッカーのワールドカップをみんなで応援できるのだとしたら、想像しただけでわくわくするじゃない」

——誰かさんは言いました。「人に対して批判的、というか厳しい」

——アンは答えました。「それはきっと素敵な夢の計画を完成させるために必要なことなのだから、大丈夫。ケーキのレシピをきっちり計って焼くようにね」

みんなの中にアンがいる

みんなすごい！　みんながアンになりましたね。ネガティブなことに対して、自分のことだと思うとなかなか言葉が出てこないけれど、人のこととなると、急にキラキラものが見えて言えるようになる。もしかしたらアンも、もう一人の自分に向かって語りかけていたのかもしれません。自分をさらに前に押し進めるように、いろいろなものに名づけたりすることで、世界をキラキラと見ようとしていたのかな、と思います。そういう小さいことを積み重ねたら、アンみたいにポジティブになれるんじゃないかなと思って実験してみました。突然の思いつきで、まったく計画していなかったのですが、みんながアンになって、嬉しい気持ちになりました。

年齢を問わず、みんなのなかにアンはいると思います。生きていくためには二つ以上の中から常に選択していかなければなりません。それだったら、明るい方を選んでいきたいなと思います。みなさんも、今日すっかりアンだったように、楽しい方、明るい方へと向かっていっていただけたらいいなと思います。

曲り角をまがったさきになにがあるのかは、わからないの。
でも、きっといちばんよいものにちがいないと思うの。

プルーンとクリームチーズのサンドウィッチ

アンの育ての親であるマリラは、規則正しく朝昼晩の食事を作り、いつもキッチンの近くで静かに読書か編み物をしている印象があります。そんなマリラの得意料理のひとつに「黄色いプラムの砂糖漬け」がありました。マリラのように、甘酸っぱいプルーンの香りを嗅ぎながらキッチンで過ごす時間もまた幸せです。

［材料 2人分］
ドライプルーン10粒、クリームチーズ70g、サングリア用の赤ワイン50cc、きび糖大さじ3、ピンクペッパー適量

［作り方］
①プルーンを細かく刻む。
②刻んだプルーンを鍋にいれ、ワインをひたひたになるまで注ぎ、中火で煮詰める。
③沸騰したらとろ火にし、きび砂糖をいれて煮詰める。ワインの汁気がなくなってきたら火を止め、プルーンを容器にいれて冷ます。
④冷ましたプルーンとクリームチーズをよく混ぜ合わせる。
⑤食パンに④を塗り、ピンクペッパーをひとつまみ振って、温めた包丁でパンを4等分に切る。

フランソワーズ・サガン 著

『悲しみよ、こんにちは』を読む

阿川佐和子
作家、エッセイスト

『悲しみよ こんにちは』

フランソワーズ・サガンが初めて手がけた小説で、一九五四年に発表された当時、サガンは十八歳であった。題名の「悲しみよ こんにちは」はポール・エリュアールの詩「直接の生命」の一節からきている。十七歳の少女セシルと父親、そのフィアンセとの危うい関係を描いたこの作品は、瞬く間にベストセラーとなり一躍脚光を浴びた。マスコミは「天才少女の登場」とセンセーショナルに報道し、本書は栄誉ある批評家賞を受賞。二十二ヵ国で翻訳され、世界的な大ヒットを記録した。一九五七年には映画化された。セシルは、ヨーロッパの階級制度や慣習を覆すような若者像であり、若者たちから熱狂的な支持を得、単なるベストセラーを超えた社会現象ともいえるブームを巻き起こした。

◎セミナーでの使用テキスト
『悲しみよ こんにちは』フランソワーズ・サガン著、河野万里子訳、新潮文庫ほか

photo: David Seymour/
Magnum Photos

フランソワーズ・サガン

一九三五年フランス、カジャルクに生まれる。作家。十八歳の若さで『悲しみよ こんにちは』を出版。ベストセラー作家となり、莫大な富と名声を得る。小説のほか、脚本や映画の台本も手がけ、多数の話題作を発表。その多くは映画化されている。社会規範にとらわれず、自由を謳歌した彼女の破天荒な人生はゴシップ誌を賑わし、世界の注目を浴びた。彼女をモデルにした映画もある。二〇〇四年、心臓疾患のため六十九歳で死去。

阿川佐和子

一九五三年東京生まれ。作家、エッセイスト。TBS「情報デスクToday」「筑紫哲也NEWS23」「報道特集」でキャスターを務めた後、渡米。帰国後、執筆を中心にインタビュー、テレビ、ラジオ等幅広く活動。一九九九年『ああ言えばこう食う』(檀ふみとの共著)で講談社エッセイ賞、二〇〇〇年『ウメ子』で坪田譲治文学賞、二〇〇八年『婚約のあとで』で島清恋愛文学賞を受賞。二〇一二年に刊行した『聞く力』はミリオンセラーとなる。二〇一四年菊池寛賞を受賞。テレビ朝日「ビートたけしのTVタックル」、TBS「サワコの朝」にレギュラー出演中。

ものうさと甘さが胸から離れないこの見知らぬ感情に、悲しみという重々しくも美しい名前をつけるのを、わたしはためらう。その感情はあまりに完全、あまりにエゴイスティックで、恥じたくなるほどだが、悲しみというのは、わたしには敬うべきものに思われるからだ。悲しみ——それを、わたしは身にしみて感じたことがなかった。ものうさ、後悔、ごくたまに良心の呵責。感じていたのはそんなものだけ。でも今は、なにかが絹のようになめらかに、まとわりつくように、わたしを覆う。そうしてわたしを、人々から引き離す。

——『悲しみよ　こんにちは』より

『悲しみよ　こんにちは』の衝撃

フランスワーズ・サガンは一九三五年生まれのフランス人の作家です。私は一九五三年生まれですから、私のたった十八歳上。ということは、いま生きていれば七十八歳、そこらへんにいそうですね。フランソワーズ・サガンが、そんな「今の人」だったということに、ご子息にお会いして気がつきました。彼女が十八歳で『悲しみよ こんにちは』を出したのは、一九五四年。私が一歳のときだったということもわかり、びっくりしました。十八歳といえば、日本で言うと大学一年生、もしくは高校三年生ですよね。そんな若者があんなにも豊かな語彙を使って、複雑な感情を文字で表現できたかと思うと驚きます。この本はフランスだけではなく、世界中で大ベストセラーとなりました。

ご子息に、高校時代にお母様の小説を読んだときの話をしました。私も小説家の娘なのですが、本を読むのが苦手で、「本を読まない人間はちゃんとした人間になれない」と言われてきました。文字を追いながら他のことを考えるという集中力のない性格だったもので、とりあえず文庫本の薄いものから挑戦していこうと思い、手に取ったのがカミュの『異邦人』だった。が、わけがわからない。次がカフカの『変身』。そしてサガンの『悲しみよ こんにちは』に出合ったのです。タイトルもラブリーだし、ロマンチックだしと思って。

私が高校生の頃のサガンの文庫本はというと、裏表紙にサガンの顔写真が載っていたり、映画のワンシーンが表紙になっていたりしました。作品が発表されてすぐに映

サガンの息子
ドニ・ウェストホフ。一九六三年生まれ。写真家。二〇〇八年に公開された伝記映画「サガン――悲しみよこんにちは」では監修を務めた。

カミュ『異邦人』
アルベール・カミュ［一九一三〜一九六〇］はフランスの作家、劇作家、哲学者。一九四二年に刊行された『異邦人』は、不条理をテーマにしたカミュの代表作。

カフカ『変身』
フランツ・カフカ［一八八三〜一九二四］はチェコスロバキア生まれのドイツ語作家。『変身』はカフカのもっともよく知られている中編小説。

画化され、主役のセシルをジーン・セバーグという女優さんが演じました。その短い髪型が流行して「セシルカット」と呼ばれ、ブームになるのですが、その髪型に憧れたり、女優さんと重ねあわせながら文字を追っていました。こっそり部屋の片隅で読んでいると、「おい、佐和子が珍しく本読んでるぞ」と覗きにきて、「なんだ、サガンか。サガンなんか読むな。日本の古典を読め」と父に叱られました。

この話をご子息にすると、「いや、フランスでもそうでした」との言葉が返ってきました。サガンのこの作品はフランス人に大きな衝撃を与えました。十八歳の主人公セシルのひと夏の出来事を描いた小説ですが、若い女の子が大人の世界に入って遊んだり、ボーイフレンドをつくって階段でキスをしたり、抱いたり、抱かれたりするというシーンが続出するわけですから、「フランスでも戸棚に隠して読んでいたものだった」ということを息子さんから聞いて、ほっとしたといいますか。フランスの女性の意識を大胆に変えるきっかけになったのがサガンの小説だったと息子さんは言っていました。

その後サガンは『ブラームスはお好き』『冷たい水の中の小さな太陽』など、話題作を次々と発表し、私も何冊も読んでいます。

早くしてデビューし、早くしてヒットし、早くしてお金持ちになってしまったとい

ジーン・セバーグ
［一九三八〜一九七九］アメリカの女優。十七歳のとき「聖女ジャンヌ・ダルク」で映画デビュー。ジャン＝リュック・ゴダールの「勝手にしやがれ」に主演し、ヌーベルヴァーグの人気女優となる。

『ブラームスはお好き』
一九五九年に発表されたサガンが二十三歳のときの作品。パリを舞台にした恋愛小説。

『冷たい水の中の小さな太陽』
一九六九年刊行。パリのジャーナリストが田舎に住む美しく教養ある婦人と恋に落ちる物語。

うことで、サガンの生涯は波乱に富んでいた。息子さんの話を通してしかわかりませんが、スピード狂であったのは確かなようですね。自動車事故で大けがをしています。

奔放さへの憧れ

この物語は、主人公の娘とヤモメの父親との関係を軸とした話です。まるで仲の良い友だちのようなその関係は、まったくもってうちの父と娘の関係とは対極的なものでした。

父はいわゆる軽い性格で、恋愛に器用、好奇心が強くて飽きっぽく、女性にもてた。わたしにしても、ごく自然に父を愛していた。それも心から。やさしくて包容力があり、陽気で、わたしにあふれるような愛情をそそいでくれる。これ以上の友だち、一緒にいておもしろい友だちは、ほかに考えられなかった。

セシルは、父の再婚を前に、父との関係が変わってしまう、父をとられてしまうのではないかと動揺するわけですが、果たして、彼女の気持ちに共感して読んでいたか

父
阿川弘之。一九二〇年生まれ。作家。東大国文科を繰り上げ卒業。海軍に入り、中国で終戦。戦後、志賀直哉に師事。主な作品に『春の城』『雲の墓標』『山本五十六』など。文化勲章受賞。

というと違ったと思います。私は、行動力がある娘ではなかったですし、どちらかというと、あまり悪いことをする勇気がありませんでした。映画でお父さんの再婚相手アンヌを演じていたのはデボラ・カーでしたね。彼女は、知的で、真面目で、素敵な女性でした。私はそんなに真面目ではなく、知的なことに対しても怠け者でしたが、むしろアンヌの方に気持ちを寄せて読んでいたと思います。セシルのような意志の強い、行動力のある友だちに憧れ、そういうことができない自分にコンプレックスをもっていました。
　今回改めて読んでみて驚いたのは、生真面目なアンヌが遊び人のお父さんを好きになり、自分とは全然タイプの違う人に憧れているというところ。語り部がセシルなので、アンヌは、娘をキチンと教育するんだという強い意志をもった女性のように描かれていますが、アンヌもセシルのような奔放さにコンプレックスをもっていたのではないでしょうか。だから近づきたかったし、仲間になりたかった。しかし、アンヌは父親との再婚を阻止しようとセシルが仕組んだいたずらにはまって、自殺かと思われるような死を遂げます。

アンヌが姿勢を正した。その顔がゆがんでいた。泣いていたのだ。不意にわたしは理

デボラ・カー
［一九二一～二〇〇七］イギリスの女優。「英国の薔薇」とも呼ばれ、優雅な女優として知られる。一九九四年アカデミー章名誉賞。

解した。わたしは、観念的な存在なのではなくて、感受性の強い生身の人間を、侵してしまったのだ、と。この人にも小さな女の子の時代があったのだ。きっと少し内気だっただろう。それから少女になり、女になった。四十になり、まだひとりで生きていたところで、ある男を愛した。その人と、あと十年、もしかしたら二十年、幸せでいたいと願った。それをわたしは……

アンヌは四十歳だった

この本を読み返してまた愕然としたのが、アンヌってものすごい大人だと思ったら四十歳だというのです。お父さんだっていろいろと人生経験豊富なようですが四十一歳。いろいろな四十歳があるでしょうが、いやになっちゃいますよね。

つい先日、私は還暦を迎えました。「今年六十のおじいさん」という歌がありますが、「篤姫」というテレビドラマの最後のシーンで、「そして天璋院は、御年四十八で亡くなられました」というナレーションが入った。うとうとしていたのですが、そのとき私はガハッと目が覚めました。「四十八歳で死んだの⁉」隠居しておばあさんのような格好で出てきた、幾多の波乱を乗り越えてきた篤姫が、そんなに若くして亡くなっ

「篤姫」
二〇〇八年一月から一年間放送されたNHK大河ドラマ。篤姫（一八三六〜一八八三）は薩摩藩島津家の一門に生まれ、徳川家に嫁ぎ、第十三代将軍徳川家定の御台所となった。家定死後、落飾し、天璋院と名乗った。

たのかと知って愕然としたんです。

今の時代というのは、いつまで経っても大人になれないというか、自分の身の位置というのでしょうか、立場というものを大きく変化させるチャンスが少なくなっている気がします。親はいつまでも元気で精神的にも経済的にも子どもの支えとなるので、子どもはなかなか自立しない。特に私のように組織で勤めたことのない人間は、平社員が長のつく立場になり、課長になったり部長になったり、だんだん部下をもつようになってというような、そういう立場の変遷を経験したことがないと、自分をどのようにしてその年代なりに位置づけるかということに戸惑うことがあります。これは親にとっても同じだと思います。中学生になり高校生になり大学生になり、「結婚したい人がいます」「ええっ!?」となり、孫でも生まれたら、「お前もとうとう母親なんだな」と。娘に子どもができて「じーじ」なんて言われると、むっとしながらも、子どもを産んで責任ある立場に変化した娘に対する接し方も変わっていくわけです。

ところが、うちの父は、幸か不幸かそういうチャンスに恵まれませんでした。私は三十のときに仕事を始めました。まだ結婚の可能性がかろうじてあった年頃ですが、それも叶わぬまま相変わらず親との同居生活をしていたら、あるとき父と一緒に出かけ、電車の切符を買おうとすると、娘と一緒だという意識があったのか「俺が買ってやる」と父が言います。手を止めて「お前は、半額じゃなかったよな」。いくらなんでもお父さんってね。驚きましたよ。切符が半額かどうかもわからないほど、呆けていたわけではないんです。ただ、意識が、私が子どもの頃のままなのです。

父は小説家なのでほとんど一日中家にいましたから、普通のお父さんより娘と接する時間は長かったのかもしれません。私は女子校育ちでしたから、大学に入った途端、同級生に男の子の友だちができると、電話がかかってくる。父が電話に出てしまうと、彼は恐れおののいて「間違えました」、ガチャッ、なんてことがしょっちゅう。

そもそも父は、子どもが電話を使うということ自体が不愉快だという質でして。「うちはサラリーマンの家ではない。サラリーマンは会社で仕事の電話をする。でもうちは家が仕事場だから、うちの電話は仕事場の電話である。だから子どもが長電話をするのは許さん」と。一時期は、砂時計を置いて三分以内に切るというのをやっていましたが、年頃ですから、なかなか終わらない。

かくのごとく電話ではトラブルが絶えませんでした。ただ、あのときは子どもの立場としては辛かったけれど、考えてみると電話が一家に一台であったということで家族の様子を察することができる時代だったのですね。私たちの頃は、電話というのは親が娘の様子を察することができる関所でした。ちょっと怪しいわ、そういえば最近帰ってくるのが遅いわ、と察することができたし、子どもは子どもでその関所を通らないと友だちとコミュニケーションがとれなかったわけですね。でも、いまは携帯電話になってしまいました。夫婦関係についても、子どもと親の関係についても、いろんな意味で時代が変わってきたなぁという思いがあります。

私が文章を書き始めた理由《わけ》

私は兄ひとりと弟ふたりにはさまれて四人きょうだい、女は私ひとりでした。父に溺愛されていたわけでは決してないのですが、できるかぎり家にいて、家の手伝いをすることを要求されて育ちました。「社会に出て、人のために役に立つ能力があるなら別だが、お前にそういうところは見受けられないので、結婚して子どもを育てるというのがお前の身の丈にあった幸せだろう」と父は考えていました。ですから、私が仕事をすることについては、当初はほとんど仮の姿としか思っていなかったと思います。

私自身、文章を書くようになったことについて申し上げると、サガンに憧れて小説を書こう、なんていう気はさらっさらありませんでした。昔はFAXもメールも、もちろんパソコンもなかったですから、父の担当の編集の方が家にいらっしゃるのは日常的なことでした。家族ぐるみで出版社の方と仲良くなったりもします。すると「将来、佐和子ちゃんも小説を書きませんか」と訊かれたりする。それに対して私は「絶対書きません」と断言していたくらいです。本を読まず、活字に興味がない上に、国語の成績がいいということもなかったですし、作文をほめられたということも一度もありませんでした。

入学した直後は、国語の先生にどうも期待されるのです。「阿川さんのお嬢さん？」って。父はそれほど売れている作家ではありませんでしたが、やはり現役の小説家の娘という意味では、何かしら書く才能があるんじゃないかと思われてしまう。なのに期待に添うことができないという激しいコンプレックスと嫌悪感を抱いていましたので、将来文章を書くことになるなんてまったく思いませんでした。

原稿を書いているときの父は機嫌が悪い。「静かにしろ！」と言われ、静かにしていると、「お前たちがそこにいる気配がうるさい！　出てってくれ！」と言われる。どうしてこんな不幸な家庭に自分は生まれてしまったのだろう、結婚するなら作家はいやだ、と理科系の人にあこがれていた自分が、まさか物書きになるとは思ってもみませんでした。

たまたまテレビの仕事をいただき、「続いてコマーシャルです」と言っていればいいような番組のアシスタントを始めた私に、ある日突然、封書が届きました。雑誌の編集部からの原稿依頼でした。ちょっと世の中に知られている著名人の子どもに親について書かせる「父親礼賛」というシリーズがあり、そこに寄稿しろというのです。文才なんかない私に、原稿書けなんていう大胆な人がよくいたものだ、と思いながら、父に話すと「俺が今連載している原稿より、この雑誌の原稿料の方がはるかにいい」と言います。これだけの経験を積んだ物書きよりも、娘の方がギャラがいいなんてことがあるんだと思って、それがおかしくて友だちに話すと、「好き嫌いは別として、そんな話がきたんだから、乗ってみたら」と言われたんです。「作文だっていやだったのに、何書けっていうのよ」「お父さんとのエピソードを二、三個書けばまとまるじゃない」と。

それで父の悪口をさんざん書いたんです。お見合いに出かけて帰ってきたら「どうだった、どうだった」と急かせ、「断るなら早い方がいい!」と決めつける話。大学時代の男性からかかってきた電話の話。自分よりはるかに背の高いボーイフレンドには、「なんだあのマッチ棒のような奴は」とケチをつける。そのくせお見合いをしてもなかなか決まらない私に業を煮やしたのか、「どうすんだ」と詰問し、「歌舞伎の世界では二十六、七は老婆だぞ、老婆」と言う。あげく、「前につき合っていたマッチ棒はどうした。なかなかいい青年だったじゃないか。ヨリを戻したらどうだ」って。ひどいでしょう。

このような父の話を書いたら、「もっとあるでしょう」ということで、ある雑誌から月刊誌で連載しませんかと言われました。そこで、友だちとの馬鹿話とか自分のドジ話を書いているうちに、今度は週刊誌で連載しませんかとなっていきました。それはありがたいことでしたけれども、そういうときに、「やっぱり遺伝子ですね」とか、「やっぱりお父さんの仕事をやってみたかったんですね」とか言われると、「違うっつーの」と思うのですね。「書いてみろ」と言われたから必死に書いただけで、書きたかったわけではない。でも、人間、求められると嬉しくて、つい要望に応じてしまうんですよね。

それにしても、どうして小説家の子どもで、物書きになるのは圧倒的に娘が多いのか、父親と娘の関係も含めて研究するのは、興味深いテーマかもしれません。父親のことを息子が書くよりも、娘が書いたほうがなんとなく隠微な感じが想像されるので、依頼が多くなるんじゃないかと思うんです。

私の父娘関係

フランソワーズ・サガンが書いた父と娘の関係というのは、私にとっては異様です。大人になって父に「肩をもみましょうか」と言うと、「やめてくれ、気持ち悪い、触るな！」と言われていましたし、子どものときもスキンシップがなさすぎて寂しいくらいでしたから。娘が悩み事を抱えて鬱々としているときに「ねえ、セシル。僕と一緒にダンスをしよう」と父親から誘われるなんて到底考えられない。大学時代、たまたま出かける時間が父と同じになり、家から十分ぐらい父と歩いたのですが、話すことがない。お父さんと何話したらいいかわからない。話に乗ってくださるお父さんというのも世の中にはいらっしゃるのだと思いますが、私にはフランソワーズ・サガンが描いたような父娘の関係というのは皆無だったので。

小学生の頃、転校して、友だちをつくるのが難しかったというか、なじめない時期がありました。いじめというほどではなかったかもしれませんが、私はいじめられたような気になって、みんなが自分を笑っているんじゃないかと思っていました。

あるとき、本当に珍しく父が「お前はどうも最近学校でうまくいっていないようだが、お前にも何か原因があると思う」と言うのです。私は自分が一〇〇パーセント被害者だという意識があったので、「お前にも責任がある、何か問題がある」と言われて「ひどい！」と思ったのですが、父はこう言いました。「お前と俺は性格が似ている。すぐにムキになる。かっとなったりまっしぐらになったりするところがある。そういうところがあるために、俺もいじめられている。でもいつも耐えている。だからお前も耐えなさい」。自分と父が同類である、と。父から優しく声をかけられたことはあのときが初めてだったかと思います。

週刊誌の連載のページまで書くようなチャンスをいただき、なんとか書き続けていたのですが、四年目になって書くネタがなくなってきてしまいました。自分でも意識していたし、「最近阿川さん面白くないです」なんてはっきり言われて、ものすごく落ち込んでいたときに、たまたま父に会いました。「最近あまりうまくいってない」と言うと、「あまり気にするな」と父は言います。「志賀直哉先生も、書けなくなったらしばらくしょうがないから、ほっとけとおっしゃっていた。こういったら読者の方には失礼かもしれないが、読者を十割満足させるものは書けない。三割打者ぐらいの気持ちでいればいい」と世にも優しい言葉を書けられたときには涙が出ましたよ。父は性格が変わったのかと思いました。

志賀直哉
［一八八三〜一九七一］白樺派を代表する作家。代表作に『暗夜行路』『和解』『小僧の神様』『城の崎にて』など。「小説の神様」と呼ばれた。

世の中にはいろいろなタイプの父と娘の関係があると思います。私の場合は、すべてを抑えられていたことが、いまあらゆる原稿のネタになっていますし、その鬱屈があったからこそ今がある。結婚はできなかったけれども、おかげで今、自由というものの喜びをかみしめている日々なのです。ですから、「最初から自由だと、あとが辛いよ。最初ひどい目にあっておくと、後々なんてことないなと思えるようになるから、不幸を楽しむようにしたほうがいいよ。私のような原稿を書く人間は、それをネタにできるし、老人ホームにでも行ったら、自分がどれだけ不幸だったかという昔話をするだけで人気者になれるよ」と思うのですね。

「箸休め」のような人生

——阿川さんの「好きな言葉」を教えてください。

子ども時代、威圧的な父のもとに育ち、それに反抗する勇気もなく、自分で決めるとか、決めたあと責任を取るということを避けて生きてきた私は、これだけの年になっても正直、自信がもてません。「誰がなんと言ったって、私は私のやり方さ、ふん」

なんていうことが私にはできないのです。好きな言葉はたくさんあり、それを支えにして生きているということもあるのですが、ひとつ申し上げると、「箸休め」という言葉があります。三宮麻由子さんという方が書いた『鳥が教えてくれた空』という本に出てきます。

三宮さんは、エッセイストでニュースの翻訳などもしていらっしゃる方で、四歳のときに病気で両目の視力を失います。世界が真っ暗になり、でもそのことが理解できずに走りまわって転んでは血だらけになって遊んでいたそうです。積極的な性格なのに何もできず、ハンディキャップを抱えて生きていました。あるときお母さんが買ってきた小鳥の声を耳にし、同じ種類でも個体によって鳴き方が違うし、性格も違うということを耳で感じ、野鳥の鳴き声に興味を持ち始めます。たとえば家の近くに集まるスズメの声で天気を知り、「猫がきたんだ」とか「美味しいえさを見つけたのかな」とか、いろいろなことを想像します。さらにカラスとかカッコウとかカケスとか、さまざまな鳥の声を聞き分けるバードリスニングの力を身につけ始めるのです。その文章で彼女は、野鳥は神様の「箸休め」ではないかと思うと書いています。

人間を含め、たくさんの生物が生きている。走るのが速いものもいるし、大きなものもいるし、声の大きなものもいる、それぞれいろいろな力をもっている。野鳥たち

三宮麻由子
一九六六年生まれ。エッセイスト。四歳のときに視力を失う。二〇〇一年『耳を澄ませば』で、日本エッセイスト・クラブ賞。

『鳥が教えてくれた空』
一九九八年刊行。三宮麻由子が発表した最初のエッセイ集。NHK学園「自分史文学賞」大賞受賞。

は自由に飛び回って鳴いているだけだ。でも、もし野鳥たちが地球上に一羽もいなかったら、どんなに味気ないだろうか。メインディッシュの前に出てくるシャーベットのおかげで、次に出てくる肉料理や凝ったお料理がなんと美味しく感じられることか。それは、心を慰めたり、新鮮にする力をもっている、神様が与えた「箸休め」ではないか、と彼女は気づくのです。彼女は、大変な努力家でいらっしゃるわけですが、コンプレックスを抱え、社会に出て自分になんの役割が果たせるだろうと思っていた。そのとき、「そうだ、私も『箸休め』みたいな人生を送ろう」と思い至るのです。

それを読んだとき、私はどどどっと泣いてしまったんです。継続だけが私の能力であって、特別なインタビュアーの能力があるわけではない。怒られたくなくて、必死になってやっていたから、続いてきただけだ。この「箸休め」の文章に出合ったのは、報道の仕事をしていた頃でした。「君はいったい何になりたいんだ」とか、「ジャーナリストになりたいのか」とかいわれても、「私は、結婚したかったんだもん。特別な興味とか専門分野とかもたなくてはいけないの？」と思っていました。でもその言葉に出合い、「地球上に立派なものだらけになったら味気ないでしょ。誰かひとりでもいいから、あんたみたいな馬鹿な人間見ていると気が和むと言われたら、それでいいじゃない」と思いました。ほっとしたのです。

「すごくいい言葉に出合った！」と私の背の高い女優の友だちに話すと、「良かったわね。でもね、『箸休め』もおいしくなきゃダメなのよ」と言われてしまいました。その女優とは檀ふみのことですが。

あなたを支えてくれるのは、子ども時代のあなたです

――子ども時代のお話をされましたが、今の教育についてどう思われますか。

私は子どもを生んでも育ててもいないので、まず発言権がないんですね。ただ、「見事な母親役」と言われた女優さんは、ほとんどは子どもがいない人なんです。森光子さん、池内淳子さん、京塚昌子さん、山岡久乃さんなど、みんななぜか母親を経験していない人ばかり。だから、子どものいない女性が子どもの気持ちがわからないとは思うなかれ、と言いたいんですけどね。

自分の経験に照らし合わせて考えてみますと、小学校二年生ぐらいまでは、子どもは自由な気がします。そのあと、いろいろなことを学んでいくうちに、大人たちが望んでいることや、世間的に考えなくてはいけないことが知識として入ってきて、計算

檀ふみ
一九五四年東京生まれ。女優、エッセイスト。父は作家・檀一雄。『わが愛の譜・滝廉太郎物語』で日本アカデミー賞助演女優賞。阿川佐和子との共著に『ああ言えばこう食う』『けっこん・せんか』など。

森光子
一三八ページ参照

池内淳子
［一九三三〜二〇一〇］女優。代表作は「女と味噌汁」ほか。

京塚昌子
［一九三〇〜一九九四］女優。テレビドラマやCMで活躍し、日本を代表するお母さん女優として知られた。

山岡久乃
［一九二六〜一九九九］女優。テレビドラマ「ありがとう」での母親役で、「日本のお母さん」として人気を誇った。

できるようになるのが小学校三年生ぐらいでしょうか。「環境を大事にしましょう」とか「いじめはいけません」とかキャッチフレーズみたいになっていく。

ただ一方で、日本は子どもを「天使」と思いすぎて、子どもが喜ぶもの、子どもがやりたいことを優先し過ぎるのではないかと思う側面もあります。子どもに自分の夢を託すのもよくわかるのですが、まだやってはいけないこと、いまここでわきまえなくてはいけないことを伝えていない。昔、ヨーロッパでは子どもは「悪魔」だと思われていたそうです。だから、小学校二年生までの自由な時間のなかで、規制をバランスよくつくらなくてはいけないと思います。

うちの父は、戦後教育が日本を駄目にしたと言い続けてきました。戦後教育をつくったのは戦前の人たちです。どうしてそうなったかというと、敗戦の反動として、「二度と子どもたちにあんな悲惨な思いをさせてはいけない」と思ったからでした。そして親たちが必死になって働いて高度成長期を迎えたら、豊かな時代しか知らない子どもたちが育ってしまった。

『聞く力』という本を出しましたが、「コミュニケーション能力」というのが問われている時代ということで、どうやったら身につくのか、と私も意見を求められることがあります。私にも的確な答えは見当たりません。ただ、インタビュアーになろうと

『聞く力』
阿川佐和子著、文藝春秋、二〇一二年。

いうなら別ですが、それは技術ではなくて、気持ちですよね。お母さんと話をしたいとか、お父さんに談判したいとか、その目的をクリアするために、試行錯誤しながら自分自身で少しずつ培っていくものであり、そのためには、うまくいかない人間関係というものに対峙しなければいけなかったり、自分の思い通りにいかないことや、苦手なことなどに対処しなければいけなかったりするのです。

会社に入って「だめでしょ、それ、やり直し」と言うと、男の子が泣いてしまって、辞表を出したりする時代です。入社した新入社員に研修で上司がいろいろなことを教えるわけですが、「新入社員にはショックを与えないように、優しく、忍耐強く教えなさい」と言われるのだそうです。下手すると鬱病になっちゃうかもしれないから。若い人たちを育てるのが難しくなっている時代なんでしょうか。

石井桃子さんという児童文学者がいらっしゃいます。百歳まで生きて二〇〇八年に亡くなられましたが、ご自宅で主宰していた「かつら文庫」という子どもだけの図書室が荻窪にありました。本好きの兄が「いらっしゃい」と誘っていただき、なんでも兄と一緒にやりたい私もついていっていました。

行くまでは楽しい。歩いて、冒険して。でも、入ったら、しーんとして皆、本を読

石井桃子
[一九〇七〜二〇〇八]児童文学作家、翻訳家、編集者。『岩波少年文庫』の企画編集に携わり、数々の欧米の児童文学の紹介と翻訳に携わり、戦後は『ノンちゃん雲に乗る』『三月ひなのつき』など優れた児童文学を創作。日本の児童文学の発展に貢献した第一人者。

かつら文庫
一九五八年に石井桃子が荻窪の自宅に開いた児童図書室。現在は東京子ども図書館がその活動を引き継ぐ。

んでいる。私は本を読んでいると、すぐ眠くなっちゃうのです。でも、そこで本当にいろいろな物語に出合いました。「ドリトル先生」、『メアリー・ポピンズ』、バージニア・リー・バートンの『ちいさいおうち』……。子どもにどういう本を与えたいかという問いに対する石井桃子さんの答えは、ただ一言「おもしろい本」。私には大変印象に残っています。

二〇〇八年に「かつら文庫の五十年」という記念行事がありました。私が唯一の劣等生だったのですが、そこに通っていた子どもたちは皆、立派になられているんですね。「子どもの頃、かつら文庫で出合った本のおかげで、私は人生が豊かになったと思う。優れた素晴らしい本の中には、あえて、いじめはいけないとか、家族を大事にしなさいとか、戦争はよくないとか書かれてはいない。書かれていなくても、すべての命題は物語の中に含まれています。その物語を読めば、そんなことは言わなくても、その中に出てくる登場人物の発言や展開や物語のゆくところによって、何が大切なのかというのはおのずとわかる。それは大人になっても忘れないものだ」とある方が言っていました。

世田谷文学館で「石井桃子展」があり、「くまのプーさん」シリーズを訳したときの原書など、いろいろな展示がされていました。その中に、石井桃子さん直筆の子ど

『かつら文庫の五十年——記念事業報告』
東京子ども図書館編著刊、二〇〇八年。

石井桃子展
二〇一〇年、世田谷文学館で開催。

もたちにあてた手紙が飾られていました。「子どもたちへ」というタイトルでした。

あなたの子ども時代をしっかり楽しんでください。大人になって、老人になってあなたを支えてくれるのは、子ども時代のあなたです。

父が「出て行け」と言って母を追い出したとき、私は本当に一家離散になるかと思って泣きました。泣いて泣いて。でも、そのときに感じた心の波動というものに、私は今、支えられているなと思うのです。別に怒られたことが私を支えているのではなくて、そのときに感じたすべての感情が私を支えているのです。怖かったこと、寂しかったこと、母が帰ってきて嬉しかったこと、その後に食べたご飯がおいしかったこと……。

SNSだとか情報の鎖に囲まれながらも、自由に、感性豊かに、悲しいことや怖いことや辛いこともすべて経験させることのほうが大切なのではないでしょうか。いじめっ子になることも、いじめられっ子になることも、ほどほどに経験しておけば、かならずや大人になったときの何かの支えや糧になるはずです。

そのときに、何があっても私はあなたの味方だよ、という大人がひとりいれば大丈夫。と、子どものいない私は思います。

豚肉のリエットと人参ラペのサンドウィッチ

サガンの描くフランスのヴァカンスは、波の音と、強い陽射し。きっと彼女もそんな風景を眺めながら、シャンパンやワインを片手に頬張ったのでは？というイメージで作ったサンドウィッチです。

［材料 2人分］
食パン8枚切り2枚 ●リエット 豚バラ肉500g、ベーコン80g、玉葱2個、にんにく3片、ローリエ1枚、タイム3本、ローストアーモンド100g、アニス、オリーブオイル、白ワイン、水、黒胡椒各適宜 ●人参ラペ 人参3本、ヴィネガー大さじ3、バルサミコ酢大さじ2、オリーブオイル大さじ2、ライム½、イタリアンパセリ2本、塩、胡椒各適宜

［リエットの作り方］
① 軽く塩をふった豚肉とベーコンを一口大に切る。② 鍋にオリーブオイルとつぶしたにんにくを入れ、きつね色になったら、豚肉を入れ中火で焼く。玉葱とベーコンを入れ、白ワインを加えて中火で煮詰める。③ 煮詰まったら水をひたひたに注ぎ、沸騰後スパイスを入れ、肉が崩れるまで1時間程度煮詰める。④ 冷めたら、肉とローストアーモンドをフードプロセッサーにかける。⑤ ④をボウルに移して氷をあてながら混ぜ、冷蔵庫で冷やして完成。

［人参ラペの作り方］
① 人参は約5センチの千切りに。② 人参と細かくちぎったイタリアンパセリをボウルに入れ、調味料を加えて混ぜる。塩、胡椒を少々とライムを搾って完成。食パンに、リエットと人参ラペを挟んで、温めた包丁でパンを4等分に切る。

エミリー・ブロンテ 著
『嵐が丘』を読む

鴻巣友季子
翻訳家

『嵐が丘』

一八四七年に出版されたエミリー・ブロンテによる唯一の長編小説。原題は*Wuthering Heights*。ヨークシャーの荒野に建つ館「嵐が丘」の主人に拾われた浮浪児ヒースクリフと、館の娘キャサリンは魅かれあうが、キャサリンは上流階級に憧れ山麓の資産家に嫁いでしまう。絶望のうちに去ったヒースクリフは、やがて莫大な富を手に復讐に燃えて戻り、二つの家族の三代にわたる愛憎劇が展開される。刊行当初はほとんど評価されなかったが、二十世紀に入り評価が高まり、サマセット・モームは「世界の十大小説」のひとつにあげ、エドマンド・ブランデンは『リア王』『白鯨』と並ぶ英語文学の三大悲劇と絶賛した。日本でもさまざまな翻訳が出され、いまなお多くの読者を魅了する恋愛小説の古典である。

◎セミナーでの使用テキスト
『嵐が丘』エミリー・ブロンテ著、鴻巣友季子訳、新潮文庫

エミリー・ブロンテ

一八一八年イギリス、ヨークシャーに牧師の娘として生まれる。小説家。姉シャーロットと妹アンとともに「ブロンテ三姉妹」と呼ばれる。ヒースの茂る原野に囲まれた牧師館で幼い頃から物語をつくることを楽しみとして成長する。一八四六年に三姉妹で『カラー、エリス、アクトン・ベルの詩集』を出版。『嵐が丘』は姉の『ジェーン・エア』の成功を機に、妹の『アグネス・グレイ』と同時に出版された。刊行の翌一八四八年に、結核を患い三十歳の若さで死去。

鴻巣友季子

一九六三年東京生まれ。翻訳家、エッセイスト、文芸評論家。大学院在籍中の一九八七年より翻訳を始める。二〇〇〇年にノーベル文学賞作家J・M・クッツェーの『恥辱』を訳し、二〇〇三年には『嵐が丘』を新訳。訳書にトマス・H・クック『緋色の記憶』、マーガレット・アトウッド『昏き目の暗殺者』、ヴァージニア・ウルフ『灯台へ』など多数。著書に『明治大正翻訳ワンダーランド』、『翻訳教室　はじめの一歩』ほか。二〇一五年春、『風と共に去りぬ』を新潮文庫より全五巻で刊行。

さても、うるわしの郷ではないか！

イングランド広しといえど、世の喧騒からこうもみごとに離れた住処を選べようとは思えない。

人間嫌いには、まさにうってつけの楽園――。

――『嵐が丘』より

『あしながおじさん』から始まった

最初に私の『嵐が丘』との出合いからお話ししたいと思います。

幼い頃の私は、「本の虫」というと聞こえがいいですが、本を要塞のようにして、立て籠ってしまう内向的な子どもでした。「どうしてこの子は」と親が嘆いていたのを覚えています。よほど社交性がなかったのか、「本ばっかり読んでないで外へ出て遊びなさい」とよく言われました。

小学校三年か四年の頃、『あしながおじさん』という本をもらい、夢中になって読みました。この本を通して私は『嵐が丘』を知ることになるのです。そしてその新訳を手がけるに至るまでをいま振り返ったとき、「ああ、あの一冊がここにつながっていたんだ」という深い感慨を覚えます。

『あしながおじさん』の主人公はジュディ・アボットという孤児の女の子です。彼女はある日、「あしながおじさん」への手紙に「私、今日失敗してしまいました」と書くのです。友達がメーテルリンクの話をしていたとき、「ねえ、メーテルリンクってどのクラスのお友だち？」と訊いてしまったというのです。これを読んだ私は、「あっ、これは知らなくちゃ恥ずかしいことなんだ」と思って学校の図書館に借りに行くのですね。

当時、偕成社から『少年少女 世界の名作』という全集が出ていて、監修者には川端康成など錚々たる方が名を連ねていました。私はそれを小学四年生から五年生にあがる頃に一気に借りて読んだのです。その中の一冊が、『嵐が丘』でした。

外国文学の愉しみ

なんであんなに外国文学を読んだんだろう、と思うのですが、外国文学が苦手とい

『あしながおじさん』
一九一二年に発表されたアメリカの作家ジーン・ウェブスターによる児童文学。

モーリス・メーテルリンク
［一八六二〜一九四九］ベルギーベルギーの詩人、劇作家、随筆家。代表作の童話劇『青い鳥』でノーベル文学賞受賞。

『少年少女 世界の名作』
一九六四年から一九六八年にかけて偕成社より刊行された、世界の名作を集めた小中学生向けの文学全集。全百巻。

う方もいらっしゃいます。大体、皆さん、名前が聞き慣れていないからいやとか、知らない文化習慣が出てくる、文体が読みにくい――これは翻訳者の責任ですが――といったことを理由に挙げられるのですが、私が外国文学を読んでいた理由はもろにその三つなんです。「ソーネチカ」とか、聞いたことのない名前が出てくることも楽しかったし、聞き慣れない文化習慣にも心惹かれました。いま朝の連続ドラマで「花子とアン」が放送されていますが、『赤毛のアン』の中に美味しそうなお菓子が出てきます。名前だけ聞いてもさっぱり想像ができない。「生姜入りパン」と訳されているわけですが、どう想像しても子ども心に美味しそうにない、でもアンたちは美味しそうに食べている。それから何十年かして、「ジンジャーブレッド」だったということがわかるんですね。

「外国文学離れ」とよく言われますが、いまの若い世代には、同質集団を好むというか、自分と同じものが心地よいという傾向があるのかもしれません。明治の人たちは異質な文学、異質な文化に突進していくようにして、外国の事物を吸収していきました。『明治大正翻訳ワンダーランド』という本を書いたことがあるのですが、当時はものすごい量の翻訳が出ています。『風と共に去りぬ』は、たしか原作が出て二年か三年で全訳が出ています。信じられないことです。そのように外国の文学を翻訳することで、日本の文化は成熟し、よりよいものになっていきました。追いつけ追い越

「花子とアン」
二〇一四年に放映された、NHK朝の連続テレビ小説。『赤毛のアン』の翻訳者、村岡花子の半生を描く。

『明治大正翻訳ワンダーランド』
鴻巣友季子著、二〇一二年に新潮社より刊行。『小公子』『フランダースの犬』など今に残る名作がいかに翻訳されたかをたどる一冊。

『風と共に去りぬ』
アメリカの作家、マーガレット・ミッチェルの長編時代小説。一九三六年に刊行され、瞬く間にベストセラーを記録し、ピューリッツァー賞受賞。一九三九年には映画化され大ヒット。アカデミー賞受賞。

せをやっているうちに、世界的に人気を博す村上春樹さんのような作家も生まれるようになりました。日本にもたくさんいい本があるから、「まあ無理して外国の話を読まなくていいんじゃない」というような状況になっているのかもしれません。それは喜ばしい結果なのかもしれませんが、私を含む翻訳者がしゃかりきになって頑張ってきた結果が、いまのような状況になってしまったということは皮肉でもあります。

村上春樹
一九四九年生まれ。作家、翻訳家。主な作品に『ノルウェイの森』『海辺のカフカ』『1Q84』など。海外での受賞も多く、フランツ・カフカ賞をアジア圏で初めて受賞。

『嵐が丘』との出合い

ジュディ・アボットというのはいろいろな本が好きで、好みもコロコロと変わるのですが、「少なくとも今日の私が一番好きな愛読書は『嵐が丘』なんです」と「あしながおじさん」に書き送ります。私はまた、「これはえらいことだ」と思い、例の文学全集の中から『嵐が丘』を借りてきました。『若草物語』とか『青い鳥』『宝島』とか、とにかく私はジュディ・アボット経由で西洋文学の名作をすべて教わったといっても過言ではありません。しかし『嵐が丘』は正直、どんな印象であったか覚えていないのです。何か怖いというか、尋常じゃない、人間のノーマルな気持ちを超えてしまっているというか。鬼気迫るものは感じたのですが、物語としてのおもしろさはまだ感じられませんでした。恋愛小説というよりは、ほとんどホラー。そんな読み方をしていました。

大学生の頃、フランスの恋愛小説にどっぷりとはまった時期があり、その頃、『嵐が丘』を再読しました。大学院在学中に翻訳の仕事を始めるようになったあるとき、知り合いの文芸編集者に「何を訳したいんだ」と訊かれました。自分はもともと翻訳の世界に入るときから古典が訳したかったので、それを口にすると、「『嵐が丘』をやりたくないか」と訊くのです。そして「とりあえず、原稿用紙千枚、無駄にするつもりでやってみる？」と言うので、それをやったらやらせてもらえるのかと思い、訳し始めてしまったのです。その話は結局なくなってしまい、いま振り返ると、酒飲み話だったのではないかとも思いますが、そのときよかったのは、後に新訳をする際にカギになる「ネリー・ディーン」という語り手の家政婦との新たな出会いがあったことです。このとき、ようやく自分なりに『嵐が丘』をおもしろいと実感できることができたのだと思います。

家政婦ネリーは見た

作者のエミリー・ブロンテは、小説としては一八四七年にこの作品だけを発表し、ほどなく風邪をこじらせて肺炎で亡くなったとされています。詩をいくつも残していますが、小説はこれ一作だけ、言わば「アマチュア作家」のまま、名声を知らないままに亡くなりました。

物語は二部構成になっています。嵐が丘に住むキャサリン・アーンショウがヒロイン、そこのもらいっ子で出自のわからないヒースクリフを中心にアーンショウ家とリントン家というふたつの家族を舞台に激しい愛の物語が展開します。それが第一部。後半の第二部は、その子どもたちの世代の物語です。

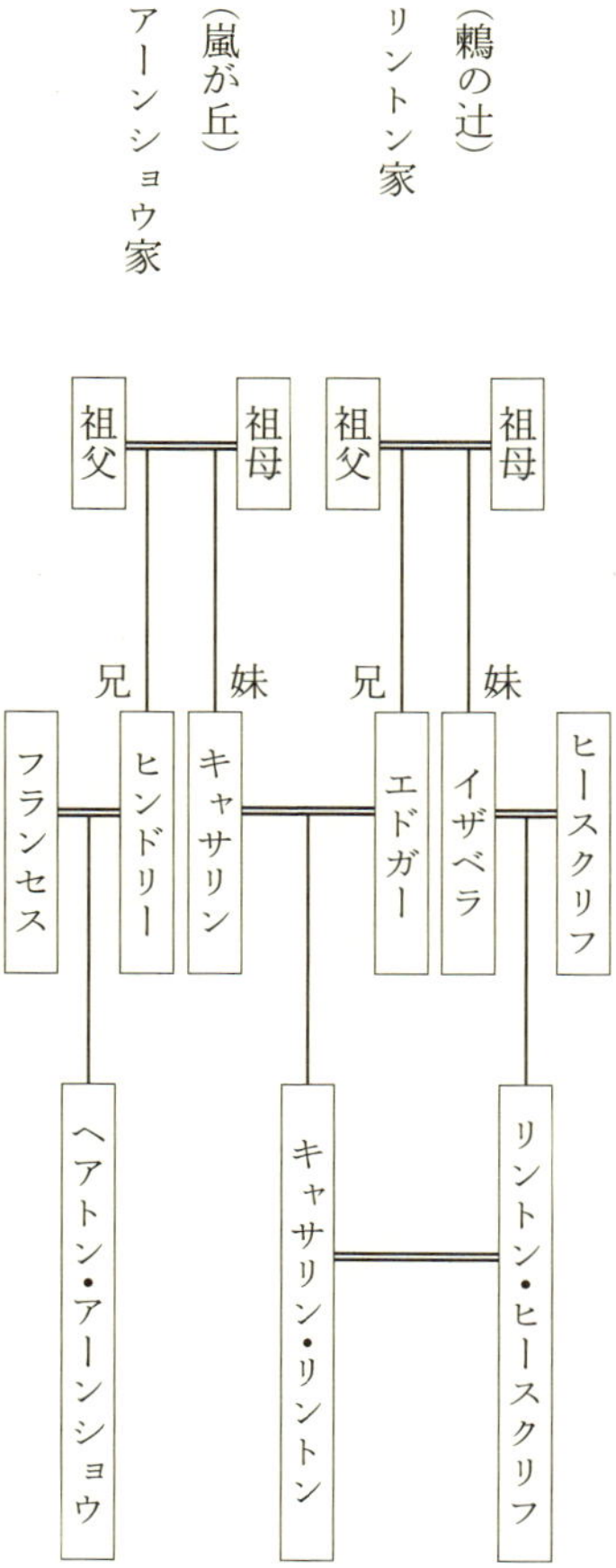

『嵐が丘』は映画化、舞台化され、日本ではテレビドラマや少女漫画「ガラスの仮面」にも登場しますが、圧倒的にフィーチャーされるのは第一部です。『嵐が丘』というと、「キャサリーン！」「ヒースクリフ！」と荒野で叫びあっているシーンを多くの方々が思い浮かべるようですが、実際にはそういうシーンはありません。第一部はとにかくふたりの激しい愛の物語が前面に押し出されています。でも私は断然第二部の方がおもしろいと思うんです。人間ドラマとしてもおもしろいですし、第一部でほどこされたいろいろなモチーフが反転したり、あるいは模倣されたりしながら展開している点で、第二部は派手ではありませんが、渋いおもしろさがあると強く感じています。

物語は、いまでいう独身貴族と言いますか、「ジェントリー」という貴族の下にある上流階級に属するロックウッドという人が嵐が丘にやってくるところから始まります。そして、二十年前に起きた三代にわたるドラマを、両家に仕えたネリー・ディーンという家政婦が語り直します。この「語り直す」というのがミソなのです。私が再読したときに一番目にとまったのは家政婦のネリーでした。それまでネリーというと、お芝居の舞台の横に出てきて進行を説明してまた引っ込む、ナレーターとして解釈されることが多かった。ネリーについて語られている研究書もあまりありません。でも私はネリーが一番あやしい、どうやら一番のキーパーソンはこの人ではないか、と注

「嵐が丘」の映画化・舞台化
アメリカ、メキシコ、フランス、イギリス、日本で『嵐が丘』を原作とした七本の映画がつくられている。宝塚歌劇団はじめ数多く舞台化されている。

ジェントリー
イギリスの身分階級を表わす名称で、下級地主層のこと。貴族ではないが、上流階級の一部をなす。

目するようになりました。

とにかくネリーという人はあらゆること、あらゆる人を見ています。「家政婦は見た」をもじって「家政婦のミタ」というテレビドラマもありましたが、使用人とはありとあらゆるものを見る特権があるんですね。使用人には、ある意味「人権」が認められていないような面もあり、「屋敷付きの家具として家政婦がついてきた」とネリーは最初に紹介されています。「家具人間」ですから、居ても意識されない。キャサリンの行った悪巧みも実は見ているし、誰かをつねったりしているのも見ています。ネリーはつねり返したりもしています。見えない人間だからこそ、窃視者という特権的な立場になれるのです。カズオ・イシグロの『日の名残り』の執事とか、中島京子さんの『小さいおうち』の女中とか、「あれっ」というものを見ていて、それが最後にどんでん返しをして、やられた！　ということになったりするのです。

とにかく『嵐が丘』は四分の三くらいがネリーの語りです。彼女はあまりにも記憶力がよくて、細部までありありと語るので、三人称小説みたいに読んでしまうのですが、これは客観的に語られた話ばかりかというと、『嵐が丘』の研究者の中には、ネリーこそが、unreliable narrator（信用できない語り手）の先駆けであると言う人がいます。語り手が言っていることがどこまで本当かわからない。語り手に注目して読んでみる、

「家政婦は見た」
テレビ朝日系列の「土曜ワイド劇場」で一九八三年から二〇〇八年まで放映されたテレビドラマシリーズ。主演は市原悦子。

「家政婦のミタ」
日本テレビ系列で二〇一一年に放映されたテレビドラマ。主演は松嶋菜々子。

『日の名残り』
日系イギリス人作家、カズオ・イシグロの小説。一九八九年に刊行。イギリス最高の文学賞ブッカー賞を受賞。一九九三年に映画化。

『小さいおうち』
中島京子の小説。『別冊文藝春秋』に連載され、二〇一〇年単行本として刊行。直木賞受賞。二〇一四年に映画化された。

そんな読み方も実はおもしろいのではないかと思います。

『嵐が丘』というのはいくつもの層をなしていて、ネリーの語りの中にキャサリンの独白もあります。常にオーケストラ演奏のトーンを決め、指揮しているのはネリーなんです。彼女が悲劇的なトーンにしようと思ってタクトを振れば、悲劇的になりますし、コミカルにも転調します。これはもう語り手の自由自在。

さらに、ネリーは単なる「ナレーター」ではなく「アクター」でもあるのです。固定カメラでじっと撮っているような記録者ではなく、ハンディカムを肩にかついで物語の中に突進していく、そんな記録者で、どさくさにまぎれて登場人物をつねってみたり、「あんたこうしなさい、ああしなさい」と指示したりするんです。ネリーがここでこう動いたから、このふたりはまた会ったんだとかね。

ネリーはまた、ちょうどいい時に風邪をひくんです。『嵐が丘』は「風邪ひき小説」と私は呼んでいて、誰かが風邪ひくと悪いことが起きる。キャサリンも元々とは風邪が原因で死に至りますし、キャサリンの旦那さん、二代目キャサリンのお父さんのエドガーも、性質の悪い風邪で亡くなってしまう。ネリーもちょうどいいところで流感のようなものにかかり、そこで二代目キャサリンとヒースクリフの二代目が密会して関係を発展させてしまったりします。

ネリーは一代目キャサリンの結婚にくっついてリントン家に移るのですが、当然キャサリンが大事だからくっついていったのだろうと思うと、意外や意外、「私は断ったんだけれども、たいそういいお給金の話をくれたのでしぶしぶ承諾しました」と言っています。ネリーは高給取り、いまでいう「バリキャリ（バリバリのキャリアウーマン）」です。学識も高いし、大変出世していきます。時々密告したり、言うべきことを言わなかったり、要所要所で物語を動かしている「エージェント」、いわゆる触媒の役割をしているのです。

新訳にあたって、キャサリンとヒースクリフはキャラクターが強いので、そんなに苦労しなかったのですが、ネリーについては口調とかキャラクターを設定するのが大変でした。それまでの翻訳書はネリーを主要な人物とは捉えていませんから、おとなしい語りではなかったかと思います。翻訳についてご意見いただく中には、ネリーは雇い主に向かって乱暴な言葉を使っていたりして、調子に乗り過ぎではないか、というご指摘もありましたが、時に減らず口も出てくる、そのようなキャラクターとしてネリーを設定して、この小説を訳していきました。

コントラストとシンメトリー

ネリーは川の艀をひとりで操っている船頭さんのようなイメージが私にはあります。『嵐が丘』とは、いろんなところを往来する物語なのです。ひとつの岸は山頂に立つ孤高の「嵐が丘」と呼ばれる屋敷であり、もうひとつの岸は山の麓にあるリントン家で、穏やかな景色、穏やかな人たちが穏やかに暮らしている。地理的にも対照的な、人間関係やライフスタイルも対照的な二軒の間を行き来するのです。語りにおいても現在と過去を自在に行き来する。夢と現を行き来しているような、もっといえば、この世とあの世を行き来しているような印象すら私にはあります。ネリーの艀に同乗した読者は、この辺に着いたのかなと思えばだいぶ川上の方に行っていたり、川下の方に行っていたりする。

ネリーという人はトンネルというよりは、ブラックボックスのような存在なのです。彼女の語りがあるから予測がつかずおもしろい。この人のフレームなしに、いきなりキャサリンが登場してきて滔々と独白されたら、息苦しいというか、もう結構ですという感じになるのではないか。やはりネリーがいて、ロックウッドがいて展開するから、あちこちに声が反響して、より複雑な音色が生まれている感じがします。

新訳では、「嵐が丘」に対して、リントン家の方を「鶫《つぐみ》の辻」と和訳してみたのですが、「嵐が丘」と「鶫の辻」は先ほど申し上げたように、非常に対照的なコントラストをなしています。が、その一方、両家の相関図を見ると、ほとんどシンメトリーといってもいいような図です。アーンショウ家もリントン家も年齢が近く、第二部では各登場人物が第一部に出て来たテーマをひっくり返したり模倣したりします。第一部が俗世間を離れた不滅の愛の物語だとすれば、第二部はもっと世知辛く、だからこそ人間臭くもあるのですが、メリーの語りのおもしろさもさることながら、よくできたシンメトリーとコントラストを駆使しながら展開していくところは非常に心惹かれるところです。

そしてネリーが残った

もう一度相関図を見てください。ここに出てくる人たちのほとんどが最後は死んでいきます。最初にアーンショウ家の祖父（一代目キャサリンの父）が亡くなります。次に祖母、次にキャサリンの兄の妻フランシス。今度はリントン家の方で、祖母（エドガーの母）が亡くなり、祖父が亡くなります。このふたりはキャサリンにうつされた熱病が原因で亡くなるのです。次に亡くなるのがいよいよ一代目キャサリン。ヒースクリフを追っかけていって、雨の日にずぶぬれになって帰り、そこからだんだん体調を崩していくんですね。早産で赤ちゃんを産み落としその晩に亡くなります。そしてキャサリンの兄のヒンドリー。次にリントン家の妹のイザベラがヒースクリフと結婚して、リントン・ヒースクリフを産んで何年か後に亡くなります。次がイザベラのお兄さんであり、キャサリンの夫にもなったエドガー。そして次に、このエドガーと「どちらが先に死ぬか？」という文字通りのデッドヒートをくりひろげていたリントン・ヒースクリフが一日違いで亡くなるのです。うまいことエドガーが一日早く死んでいる。この順番でないとだめなんです。

この死に方には法則がありまして、夫婦でしたら夫より妻が先に死ぬ、兄より妹が先に死ぬ、女性は子どもを産んだらすぐに死ぬ。着々とヒースクリフに遺産が集まってくる。女性はまだ生きていて再婚でもして子どもをつくられたら面倒ですよね。お世継ぎができてしまうと、残余権というのがあります。女性は早々に退場させられてしまう。考えただけでもひどい話ですが、こうして登場人物は皆さん死んでしまいます。両家の遺産は合法的にヒースクリフのもとに集まってきます。これで彼の復讐は完成目前。というところまでくるのですが、ヒースクリフはなぜか完成を目前にしてやる気をなくしてしまう。キャサリンが忘れられず、自殺同然のやり方で亡くなってしまうのです。その死んだときの格好というのが、ロックウッドが初めて屋敷に泊まったときにキャサリンの幽霊が出てきたときと同じ、ベッドに横たわった格好なのですが。

さて、みんな死んでしまいました。十一人が死んでしまって、キャサリン・リントンとヘアトン・アーンショウだけが残りました。おめでたいことに、ふたりはつきあって新年には結婚することになっている。結局は、遺産はリントン家とアーンショウ家に無事戻ってきたことになるのですね。

果たしてこのふたりだけを残してみんな死んでしまったのでしょうか？　まだひとり残っています。そう、ネリー・ディーンです。あらゆる病魔にも打ち勝ち、相続争いにも打ち勝って残っている。ふたりはまだ若いですから、ネリーは管財人のような形で、財産や家賃収入の管理もしている様子。いわば一人勝ち。私はネリーのいわゆる「乗っとり劇」だと悪く言うつもりはまったくありません。ただ、ネリー・ディーン、本名エレン・ディーンという人は大変な人であるなと思いますね。乳母としてアーンショウ家に入るわけですが、そのうち腕を買われて高給取りのハウスキーパーになり、学も身につけ、我が子同然に世継ぎの息子や娘たちを育てあげ、土地も建物もすべて自分の手中におさめる。「イングランド中を探しても私ほど幸せ者はおりません」

と最後に言っています。語っていることが全部本当ではないかもしれませんが、そういうところがあるから、一層惹かれるのです。

恋愛小説には二種類しかない

『嵐が丘』は恋愛小説の名作といわれますが、それはなぜでしょうか。

いわゆる現代の恋愛小説というのは、男女が出会って恋をして破局したり結婚したりする、そういう恋愛を描いています。恋愛小説は悲劇に終わることが多いけれど、「恋愛結婚」というものを初めて小説に書いたのは、世界の文学史において、十九世紀のイギリスの女性作家ではないかというのが私の持論です。結婚や不滅の愛をテーマにした小説はたくさんあるのですが、恋愛結婚が描かれはじめたのはジェーン・オースティンの頃ではないか。オースティンが登場する十九世紀の前半までは、恋愛と結婚の関係性の内実が描かれることはあまりなかったわけです。

たとえばシェイクスピア劇に描かれる結婚に、「取り違え婚」というのがあります。いつの間にか花嫁さんが入れ替わっていたり、あるいはベッドの中で入れ替わっていたり。『十二夜』や『真夏の夜の夢』ではそういうコミカルな要素として結婚が描か

ジェーン・オースティン
［一七七五〜一八一七］イギリスの作家。『高慢と偏見』『エマ』などイングランドの田舎の中流社会を舞台に女性の結婚や社会生活を写実的に描く。その作品は近代イギリス長編小説の頂点とも言われる。

ウィリアム・シェイクスピア
［一五六四〜一六一六］イングランドの劇作家、詩人。イギリス・ルネサンス演劇を代表する人物。

『十二夜』
シェイクスピアの戯曲。双子の兄と生き別れた妹が男装して暮らす街に、兄が現れたことから事件が巻き起こる喜劇。

『真夏の夜の夢』
シェイクスピアの戯曲。森に足を踏み入れた人びとが、妖精の媚薬によって翻弄される喜劇。

れます。もうひとつは「政略結婚」です。『ハムレット』の母親とハムレットの叔父、『リア王』のコーデリアとフランス王、『アントニーとクレオパトラ』、といったように、結婚は、物語を先へ進ませるためのプロットであったり、駒であったりします。人が誰かを好きになってそこから恋愛が始まって結婚して、その後どうなりました、ということはあまり描かれませんでした。男性作家の書いたものは、戦争だとか、運命だとか大きいテーマがあって、そのバックグラウンドやプロットのひとつとして描かれることはあったのですが、恋愛と結婚の関係、そしてその内実というものを描き始めたのはイギリスの女性作家ではないかと思うわけです。

恋愛小説にはふたつの大きなテーマがあります。そのひとつは、不義の愛。道ならぬ恋というやつですね。『嵐が丘』や姉のシャーロット・ブロンテの『ジェーン・エア』が書かれた頃、ほかの国ではどんな小説が書かれたかを見てみるとわかりやすいと思うのですが、恋愛小説といえばフランスです。なんといっても十九世紀に欠かせないのはフロベールの『ボヴァリー夫人』。夫のシャルルがあまりにも美的センスがなくて物言いもつまらない。月夜にセレナーデを歌ってくれるような男性が好きな現実離れした主人公のエンマは、やがて不倫と借金の果てに自殺してしまいます。ロマンチックなものに憧れてしばしば破滅してしまうことを「ボヴァリスム」というそう

『ハムレット』
シェイクスピアの悲劇。「生きるべきか死ぬべきか、それが問題だ」の台詞で知られる。

『リア王』
シェイクスピア四代悲劇のひとつ。二人の娘に裏切られた父王による復讐劇。

『アントニーとクレオパトラ』
シェイクスピアの戯曲。ローマ帝国の執政官アントニウスとエジプトの女王クレオパトラをモデルにした物語。

『ジェーン・エア』
シャーロット・ブロンテの長編小説。孤児ジェーンが家庭教師先の貴族の主人と結ばれるまでを描く女性の自由と自立の物語。

『ボヴァリー夫人』
フランスのギュスターブ・フロベールの代表作。文芸誌に掲載され、風紀紊乱の罪で起訴されるが、一八五七年に出版されるやベストセラーとなった。

です。あるいはスタンダールの『赤と黒』。貧しい家の出の若き主人公ジュリアン・ソレルが、家庭教師先のレナール夫人と恋に落ち、最終的には悲劇に突き進むという話です。では新大陸アメリカはどうだったかというと、ホーソーンの『緋文字』という、これも人妻と牧師の不義の愛を描いた作品が一八五〇年に出されていますし、文学大国ロシアでは少し遅れて一八七五年からトルストイの『アンナ・カレーニナ』の雑誌連載が始まる。これらはすべて女性が人妻である、いわゆるよろめきドラマですね。恋愛小説には、「不義の愛」というのが一大テーマとしてあったわけです。

そしてもうひとつは、ざっくり言うと、初恋物語、突き詰めて言えば、恋愛小説というのは二種類しかない。ひとつは聖女の初めての恋。もうひとつは不義の愛。つまりは初恋物語とよろめきドラマが無限のバリエーションを奏でているのです。

ここに聖婦というキャラクターを登場させ発展させるのがフランス文学だと思うのですが、この話はまたの機会にゆずります。

なぜ『嵐が丘』は恋愛小説の名作なのか

『嵐が丘』は恋愛が結婚というテーマに結びついていますし、さらに結婚後の生活

『赤と黒』
スタンダールの長編小説。一八三〇年刊行。貧しい青年の野望と挫折を王政復古期を背景に描く。

『緋文字』
ナサニエル・ホーソーンの代表作。十七世紀のピューリタン社会を背景に、姦通の罪で緋色のAの文字を生涯胸に付けることを課された女性と相手の牧師、夫の心理を深く追究した作品。

『アンナ・カレーニナ』
レフ・トルストイの作品。一八七七年に刊行。人妻アンナが、愛のない結婚生活を捨てて青年貴族と駆け落ちし、やがて鉄道自殺に至るまでを、崩壊する帝政ロシアの貴族社会を背景に描く。

がちゃんと描かれています。そこにさらにキャサリンとヒースクリフという不滅の、永遠の恋人たちをからませて、禁断の愛も描いている。「いいとこ採り」と言ってはなんですが、いまでいう恋愛結婚の要素も描きながら、昔から伝統的にある禁断の愛、不義の愛みたいなものも描いています。

このキャサリンとヒースクリフというのは、お互い強く惹かれあった男女で、恋愛小説の側面はあるのですが、男女の恋物語というものでは済まされないような強い結びつきがあります。自分が生まれ落ちたときに魂の片割れがいるんだというプラトン的な考え方ですね。ソウルメイトというか、もともとひとつだった魂が出会い、なんらかの理由で分かれてしまう、それは宇宙が半分に割れるような騒ぎであり、美しいハーモニーを保っていた宇宙が崩壊してしまうようなことなのです。『ロミオとジュリエット』や、村上春樹の『ノルウェイの森』もそうかもしれません。『ノルウェイの森』でなぜあんなに人が死んでしまうのかというと、ソウルメイトのような直子とキヅキという強烈なカップルが出発点にいるからなのです。強い男女の恋愛を超えた結びつきというのはしばしば周囲を傷つけながら進んでいくし、非常に死に魅入られやすい。同じ村上春樹の『1Q84』という小説もそうですね。なぜに十歳のときに手を握り合っただけの相手をいつまでもずっと想っていられるのか。青豆と天吾はど

プラトン
［紀元前四二七〜紀元前三四七］古代ギリシアの哲学者。『饗宴』の中でアリストパネスが愛の起源について語っている。

『ロミオとジュリエット』
シェイクスピアによる戯曲。対立する家の争いに巻き込まれて犠牲になる若いふたりの悲恋を描いた。

『ノルウェイの森』
村上春樹の小説。一九八七年に講談社から刊行され、小説単行本の発行部数歴代一位を記録した。世界三十カ国以上で翻訳出版された。

『1Q84』
村上春樹の小説。二〇〇九年に新潮社より刊行。毎日出版文化賞受賞作。

うしてそんな関係に命を懸けられるのだろうかと思うのですが、あのふたりも、生まれたときから結びついた片割れ同士だったのではないでしょうか。

こうした運命の悲恋というのは『嵐が丘』以前にも描かれているとは思うのですが、ヒロインのキャサリンは便宜的な結婚、いわゆる政略的な結婚、自分が生きていくための結婚というのを経験するとともに、伝統的な運命の恋愛も同時進行させているのが欲張りなところ。このように、女性が自分の意志で結婚相手を選び、なおかつ結婚後も恋人との関係を続けていくと。それはなかなか斬新だったのではないかと思います。

産業革命が恋愛小説を生んだ？

こうしてイギリスで女性が早くから小説を書くようになった背景のひとつには、早くに産業革命を経験し生活が豊かになったことで、女性が小説を書きやすくなったということがあると思います。詩は男性のものでした。十九世紀の女性作家にフィオナ・マクラウドという人がいます。その詩「孤独な狩人」からアメリカの作家カーソン・マッカラーズが『心は孤独な狩人』というタイトルにとったような大人気の女性の詩人です。ところが、あとから調べてみるとマクラウドは実は男性だったことがわかりまし

フィオナ・マクラウド
［一八五五〜一九〇五］スコットランドの作家。本名ウィリアム・シャープの名で作家、批評家として執筆する一方、女性名のフィオナ・マクラウドでケルトを題材とした創作や随筆を発表。

カーソン・マッカラーズ
［一九一七〜一九六七］アメリカの作家、詩人。代表作に『心は孤独な狩人』『黄金の眼に映るもの』『結婚式のメンバー』などがある。

『心は孤独な狩人』
一九四〇年に刊行されたカーソン・マッカラーズの代表作。「愛すれど心さびしく」の題で映画化。

た。このように詩の領域というのは、まだ男性のものだったのかなという気がします。
もう少し後の時代に出てくるヴァージニア・ウルフという女性作家は、『自分だけの部屋』という評論の中で、「女性が小説を書こうとするなら、年収五百ポンドと自分だけの部屋を持たなければならない」という有名な言葉を残しています。一方、エミリー・ブロンテはどうだったか。私は『嵐が丘』新訳の取材のためにヨークシャーのハワースにある生家に行ったことがあるのですが、いまでいうところのリビングダイニングみたいなところに、三姉妹が肩寄せ合って執筆していたようです。自分ひとりの個室があったわけではなく、ちょっと家事があれば中断しながら小説を書き継いでいく、そんな姿が想像されます。そういう生活の中で、集中力を要する詩はなかなか書きにくい。だけど小説というのは分割された時間のなかでも書くことができて、時間を分けて読むこともできる。小説とは、近代の知性の産物だったのではないかと思うのです。

古典の条件

『嵐が丘』は、古典的名作と言われます。最初から「古典」を書ける作家というの

ヴァージニア・ウルフ
［一八八二〜一九四一］イギリスの作家、評論家。二十世紀モダニズム文学を代表する作家。著書に『灯台へ』『ダロウェイ夫人』『オーランドー』などがある。

『自分だけの部屋』
一九二九年に刊行された、ヴァージニア・ウルフの評論。

はいません。言い換えれば、「傑作」を書くことはできても「名作」を書くことはできないのです。それは時が決めることであり、数かぎりない読者の反応や解釈をくぐり抜けてきた末に、演繹的についた名称に過ぎないからです。最初から「よーし、古典書くぞ」ということはできない。古典になるか、名作になるかは、常に結果なのです。

「こういうのが古典になりますよ」ということは言えませんが、古典になりうる条件のひとつは「通俗性」ではないかと私は思います。『嵐が丘』はサマセット・モームが世界十大小説にあげていることで、不朽の古典として奉られているところがありますが、とにかく物語としておもしろい。私たちが生きている俗世間と関わりがあり、その中でのさまざまな感情、喜怒哀楽が入っています。作家の河野多恵子さんは、『嵐が丘』の新訳が出たときに、「古典になるものというのは、時間を経るほどに通俗化していきます」とおっしゃっています。『嵐が丘』が何度も映画化され、舞台やテレビドラマ、マンガや歌として作品化されている理由もそこにあるのではないでしょうか。

文学を読むときに何よりも重要なのは、難しいことを何も知らなくても、読んでおもしろいと思えることです。たとえば、まったく言語がわからなくても音楽に疎くても、オペラを見て涙がこみあげてくる瞬間ってあると思うんです。それと同じで、勉

サマセット・モーム
［一八七四〜一九六五］イギリスの作家、劇作家。代表作に『月と六ペンス』『人間の絆』などがある。

『世界の十大小説』
一九五四年刊行。サマセット・モームが古典の名作を解説したエッセイ。『トム・ジョーンズ』『高慢と偏見』『赤と黒』『ゴリオ爺さん』『デイヴィッド・コパフィールド』『ボヴァリー夫人』『白鯨』『嵐が丘』『カラマーゾフの兄弟』『戦争と平和』の十作が選ばれている。

河野多恵子
一九二六年生まれ。作家。『蟹』で芥川賞を受賞。著書に『幼児狩り』『谷崎文学と肯定の欲望』『戯曲 嵐が丘』など多数。日本ブロンテ協会前会長。

強してから読まなくてはいけないようなものは、なかなか古典にはなりにくいような気がします。奉られるだけの難しいものは、人々の血となり肉にはなっていきません。オースティンやドストエフスキーのようにメロドラマみたいなところもあり、センセーショナルな部分も持っている、そういう人間の営みが残っているようなものが、読み継がれる。

『嵐が丘』とは、まさにそういう小説であるのだと思います。

ムーアへとつづく斜面に三つの墓石がならんでいる――真ん中の石は黒ずんで、ヒースになかば埋もれていた――エドガー・リントンのそれは、たもとまで生えてきた芝生と苔《こけ》で、ようやくまわりになじんだようだ――ヒースクリフの墓石はまだむきだしのままであった。

わたしは立ち去りかねて、穏やかな空のもとしばし墓畔を歩き、ヒースや釣り鐘草のあいだを飛びかう蛾《が》を眺めて、草原《くさはら》にそよ吹く幽《かす》かな風の音に耳を澄ました。そして、思うのだった。こんな静かな大地に休らう人々が静かに眠れぬわけがあるだろうか。

ソーセージサンドウィッチ

『嵐が丘』の舞台となったイギリスはヨークシャー地方の荒野。シンプルにメインはソーセージのみ。ソーセージから出る脂をつかって玉葱をジャム状になるまで炒めました。ブリティッシュパンで挟み、ワイルドでボリュームのあるサンドウィッチが完成です。

［材料 2人分］
ソーセージ2本（ソーセージは細長いタイプで、できるだけ粗挽きで肉感のある無添加のものを使う）、玉葱、EXVオリーブオイル、バルサミコ酢、塩各適宜

［作り方］
① ソーセージはオイルをたっぷり入れたフライパンで、肉汁が出るまでじっくりと炒める。
② 玉葱は、縦に串切り（8等分）にして、ソーセージから出た脂をつかって炒める。
③ 玉葱がジャム状になるまで柔らかくなってきたら、塩とバルサミコ酢で味付けをする。
④ 食パンに玉葱を敷き、縦半分に切ったソーセージをパンに挟んで、温めた包丁でパンを半分に切る。

『第七官界彷徨』を読む

尾崎翠 著

角田光代

小説家

『第七官界彷徨』

伝説的作家・尾崎翠の代表作。雑誌『文学党員』に作品の一部が発表された当初から話題を呼び、一九三三年に単行本として刊行された。人間の第七官に響くような詩を書きたいと願う少女、小野町子によって語られる一風変わった二人の兄と従兄との共同生活の物語。描かれる世界の不思議な魅力を花田清輝、林芙美子、太宰治といった著名な文学者たちも驚きをもって絶賛した。花田清輝、平野謙の推奨で一九六九年『全集・現代文学の発見』に収録され、再評価の機運が高まった。後年の文学者たちにも影響を与え、舞台にもなり、一九九八年には映画化された（「第七官界彷徨　尾崎翠を探して」）。

◎セミナーでの使用テキスト
『第七官界彷徨』尾崎翠著、河出文庫ほか

尾崎翠

一八九六年鳥取県生まれ。作家。女学校時代に「文章世界」へ投稿を始め、注目される。故郷での代用教員ののち本格的に文学に取り組むため、上京。日本女子大学に入学するが、「新潮」に「無風帯から」が掲載されたことが問題視されたため退学。帰郷と上京を繰り返しながら、「アップルパイの午後」「第七官界彷徨」などを発表する。一九三二年帰郷後、音信を絶つ。「第七官界彷徨」が再発見されたのちも、面会を固辞。一九七一年死去。

photo: Hisaaki Mihara

角田光代

一九六七年神奈川県生れ。小説家。一九九〇年『幸福な遊戯』で海燕新人文学賞を受賞しデビュー。作品はテレビドラマや映画化されている。『まどろむ夜のＵＦＯ』で野間文芸新人賞を受賞。『キッドナップ・ツアー』など児童文学も手がけ、産経児童出版文化賞フジテレビ賞、路傍の石文学賞を受賞。『対岸の彼女』で直木賞、『ロック母』で川端康成文学賞、『八日目の蝉』で中央公論文芸賞、『ツリーハウス』で伊藤整文学賞、『紙の月』で柴田錬三郎賞、『かなたの子』で泉鏡花文学賞、『私のなかの彼女』で河合隼雄物語賞を受賞。

よほど遠い過去のこと、秋から冬にかけての短い期間を、私は、変な家庭の一員としてすごした。そしてそのあいだに私はひとつの恋をしたようである。

――『第七官界彷徨』より

尾崎翠との出会い

私が尾崎翠の『第七官界彷徨』に出合ったのは、大学生になったばかりの頃でした。私は子どもの頃から小説家になろうと思っていて、小説家になるために大学を受験して進学しました。それまでは自分でも本をたくさん読んできたという自負があったのですが、大学に入ってまわりのクラスメートがとにかく本を読んでいて、私の知らないことをものすごくよく知っている。読書体験がとてもとても違うのです。たとえば、「武田がさあ」と友人が語るとき、それは「武田泰淳」だったりするのですが、私はといえば「金八先生」しか思い浮かびません。それぐらいものを知らなくて、打

武田泰淳
［一九一二〜一九七六］作家。戦後文学の代表的旗手として活躍。主な作品に『司馬遷』『蝮のすゑ』『ひかりごけ』『富士』など。

金八先生
一九七九年から二〇一一年まで三十二年間にわたってTBS系で断続的に制作・放送されたテレビドラマシリーズ「3年B組金八先生」の主人公の愛称。

ちのめされ、名前を聞いた作家の本を友だちに隠れてこっそり読むということをずっと続けていました。この差は一生縮まらないと打ちひしがれていた頃、図書館で尾崎翠の全集を見つけたのです。「尾崎翠」という名前がすーっと目に入ってきたのです。この名前は誰も口にしたことがない、「読んでみよう」と思いました。そして『第七官界彷徨』に出合ったのです。

よほど遠い過去のこと、秋から冬にかけての短い期間を、私は、変な家庭の一員としてすごした。そしてそのあいだに私はひとつの恋をしたようである。

この家庭では、北むきの女中部屋の住者であった私をもこめて、家族一同がそれぞれに勉強家で、みんな人生の一隅に何かの貢献をしたいありさまに見えた。私の眼には、みんなの勉強がそれぞれ有意義にみえたのである。私はすべてのものごとをそんな風に考えがちな年ごろであった。私はひどく赤いちぢれ毛をもった一人の痩せた娘にすぎなくて、その家庭での表向きの使命はといえば、私が北むきの女中部屋の住者であったとおり、私はこの家庭の炊事係であったけれど、しかし私は人知れず次のような勉強の目的を抱いていた。私はひとつ、人間の第七官にひびくような詩を書いてやりましょう。そして部厚なノオトが一冊たまった時には、ああ、そのときには、細かい字でいっぱい詩の詰まったこのノオトを書留小包につくり、誰かいちばん第七官の発達した先生のところに郵便で送ろう。そうすれば先生は私の詩をみるだけで済むであろうし、私は私のちぢれ毛を先生の眼にさらさなくて済むだろう。（私は私の赤いちぢれ毛を人々にたいへん遠慮に思っていたのである）

本当にびっくりしました。「なんだ、これは」と。作者は明治生まれなのに、書いていることはすごくよくわかるし、言葉は瑞々しい。しかもそこに描かれている世界は少女マンガのようだ、と思いました。そのとき「友だちの読んでいる作家を後追いしても仕方ない。こういう自分ひとりの楽しみを見つけるような読書でいいじゃない」と思ったのです。

尾崎翠の小説は少女マンガ

大正時代に作品を発表していた作家には、ある傾向がありますよね。いい意味ですけれど、畳の匂いとか泥臭さとか、何か時代にまみれている小説が普通だった。林芙美子とかもそうですし、そういうところが好きで読んでいるふしもあるのですが、尾

林芙美子
一三五ページ参照

崎翠はまったく異質というか、畳の匂いがしないんです。『第七官界彷徨』では、ずっと肥やしの匂いがただよっていると書かれているのですが、肥やしの匂いすらもすごく素敵なものに思えてくるような言語感覚をもっています。古い作家ではないという驚きがありました。

そのとき二助の部屋からながれてくる淡いこやしの臭いは、ピアノの哀しさをひとしほ哀しくした。そして音楽と臭気とは私に思わせた。第七官というのは、二つ以上の感覚がかさなつてよびおこすこの哀感ではないか。そして私は哀感をこめた詩をかいたのである。

たとえば「くびまき」という言葉は普通ですと古臭く思われるのですが、彼女が書くとマフラーの一歩先にいった、非常に洒落た小道具のように思われます。

私は柳氏の買ってくれたくびまきを女中部屋の釘にかけ、そして氏が好きであった詩人のことを考えたり、私もまた屋根部屋に住んで風や煙の詩を書きたいと空想したりした。けれど私がノオトに書いたのは、われにくびまきをあたえし人は遥かなる旅路につけりというような哀感のこもった恋の詩であった。

「蜜柑」とか「うで栗」とかも、ひとつひとつが神聖な光を放っているように描かれている。本当に古びないなというのが私の印象です。

この蜜柑は、驚くほど季節おくれの、皮膚にこぶをもった、種子の多い、さしわたし七分にすぎない、果物としてはいたって不出来な地蜜柑となった。すっぱい蜜柑であった。けれどこの蜜柑は、晩秋の夜に星あかりの下で美しくみえ、そして味はすっぱくとも三五郎の恋の手だすけをする廻りあわせになった。

また尾崎翠は、私の得意とするところの、人間のどろどろした心情を一切描きません。人間の暗い部分、人間関係のねじれとか、負の感情みたいなものを、きれいに書かないのです。この時代の女性作家というと、男性作家もそうですが、人間を描こうとすると、人間の持っているいいところばかりではなく、男女関係でも、どろどろとしたところを書くのが通常なのですが、この作家はまったくそれをしていません。そこがおもしろいところです。私小説っぽいところが一切ないのです。

日本には私小説の歴史がものすごくありますし、作者と登場人物は違うと頭ではわかっていても、重ねて読んでしまうところがあります。それはとてももったいない読み方だと思うのですが、尾崎翠の場合は、実に客観的に世界をつくっているような印象があります。「語り手」と「尾崎翠」という人物を同一視させないほどの強い客観性を感じます。

『第七官界彷徨』の主人公は、小野町子という赤い縮れ毛の女の子ですが、その縮れ毛を従兄の三五郎がなんとかしようと、髪を切ったり、鏝《こて》で伸ばそうとします。

左の耳の側で鋏が最後の音を終ると同時に私はとび上がり、ちょうど灯を消してあった三五郎の部屋ににげ込んだ。私の頸は急に寒く、私は全身素裸にされたのと違わない気もちで、こんな寒くなってしまった頸を、私は、暗い部屋のほかに置きどころもなかったのである。――私の頸を、寒い風がいくらでも吹きぬけた。「おばあさんが泣く」三五郎の部屋のくらがりで、私はまことに祖母の心になって泣いたのである。「おばあさんが泣く」

お兄さんの二助はこやしの研究をして、二十日大根を栽培したり、蘚《こけ》の恋愛の実験

私小説
作者自身を主人公とし、自分の生活や経験を虚構を排して描く、日本近代文学特有の小説の形態。

をしています。二助と三五郎が議論になったとき、三五郎が二十日大根をヘヤアイロンに挟んで二助の鼻にあてるという描写とか、実験用のこやしが煮詰まる描写とか、よくこんなこと思いつくな、というような独特なユーモア・センスがあります。

土鍋の液が、ふす、ふす、と次第に濃く煮えてゆく音は、祖母がおはぎのあんこを煮る音と変らなかったので、私は六つか七つの子供にかえり、私は祖母のたもとにつかまって鍋のなかのあんこをみつめていたのである。

尾崎翠の描く世界はマンガ的で、映像がぱっと浮かぶような書き方です。実は私は大学生までマンガを読まなかったんです。古い世代の親に育てられたので、マンガは読むなと言われていました。大学に入って初めてマンガを読むようになったのですが、ものすごくおもしろいじゃないですか。なぜマンガを読ませてくれなかったのだ、と親のことを恨んだ時期もありました。

そして、大島弓子にはまったんです。「うわあ、これは哲学じゃないか」と思いました。尾崎翠が描く「赤いちぢれ毛の女の子」なんて、大島弓子の絵で浮かぶんですよね。大島弓子は、重いテーマを描いても軽やかにしてしまう力があると思うのです

大島弓子
一九四七年生まれ。マンガ家。バナナブレッドのプディング」「綿の国星」「グーグーだって猫である」などの名作を数多く発表。映像化された作品も多い。

が、それは尾崎翠にも共通していると思います。

　また、大島弓子の作品に登場する男は、みんな「いい男」なんですよね。悪い男が出てこない。女性が「こういう男性がいてくれたらな」と思うような素敵な人が出てきます。尾崎翠が書く男性も、たとえば従兄の三五郎なんかこすっからい奴なんですが、さらっときれいに書いていて、「どうしても憎めないな、この人」と思わせてしまう。私は小説で、毎回毎回、男をひどく描きすぎると言われているので、うらやましいなと思うくらい。彼女が描く登場人物は、悪い意味での現実感がない。ちょっと仙人みたいな、ふわんとしたところがある、そこも素敵だと思います。

　性描写もありません。『第七官界彷徨』は「私は恋をしたようである」というところから始まりますが、その恋も非常に淡く、どろどろする前に終わります。恋もきれいに書いてしまう。

　私は二十二、三で尾崎翠の作品に出合ったとき、彼女のことを自分と同じ年くらいの非常に若い新鮮な作家のように感じました。ところが年譜を見ると、『第七官界彷徨』を書いた年齢は三十五歳を過ぎています。ある程度、人間のいい面とか、どろどろした人間関係とか、汚いところを知ったうえで、そこをうまくこそげ落として書いたと思うと驚きです。

尾崎翠は、不遇というか、ぱっと注目されてずっと書き続けたという作家ではありません。鳥取から東京に出てきたものの、精神のバランスを崩して帰郷し、もう一回出てきてもやはりうまくいかなくて帰っています。そして四十歳を前に作家活動をやめてしまいます。でも七十四歳まで生きたわけです。そのような彼女の人生と、この不思議な作品の煌めきを重ね合わせたとき、いろいろなことを考えてしまいます。

私が出合った一九八〇年代、尾崎翠はほとんど知られておらず、いまほどもてはやされていませんでした。九〇年代半ばから後半にかけて、「おばあさん文学」のブームがあって、尾崎翠や武田百合子、幸田文などの女性文学が、若い二十代の女性読者によってあらためて脚光を浴びた時期がありました。元来の文学的な意味よりも、いまの自分たちの感覚にすごく近い存在として女性作家をとらえ、「なんだろうこの人、自分よりずっと上の世代なのに」という思いとともに、彼女たちの作品や生き方が注目されました。尾崎翠についても、八〇年代には全集一冊しかなかったのに、九〇年代後半になるといろいろな出版社から、尾崎翠本がたくさん出た印象があります。一九三〇年代の作品発表当時は、彼女のもつユーモアとか新しい感覚は評価されにくかったのかもしれません。

武田百合子
［一九二五〜一九九三］随筆家。作家・武田泰淳の妻。『富士日記』『犬が星見た』『日々雑記』など寡作ながら多くのファンを得る。

幸田文
［一九〇四〜一九九〇］随筆家、小説家。作家・幸田露伴の次女。露伴の没後、父を追憶する文章を発表、注目される。代表作に『おとうと』『流れる』など。

花田清輝
［一九〇九〜一九七四］作家、文芸評論家。日本のアヴァンギャルド芸術論の先駆的存在。著書に『復興期の精神』『鳥獣戯話』など。若い頃に読んだ尾崎翠を「わたしのミューズ」と呼び、その復活の機縁をつくった。

――一九六九年、花田清輝らが責任編集をつとめた『全集・現代文学の発見』第六巻「黒いユーモア」に「第七官界彷徨」が収録されたのが、戦後の尾崎翠の再発見のきっかけとなり、その二年後に作品集『アップルパイの午後』の出版が企画されました。しかし刊行の数カ月前に彼女は亡くなってしまいます。

三十年以上文学から離れていた人が、七十代になって東京から出版社の人に会いにこられ、「あなたの作品集をつくります」と言われたとき、嬉しかったのか、複雑な気持ちだったのか――いろんなことを想像してしまいます。

女性が小説を書くということ

私はこの前、『私のなかの彼女』という小説を書きました。主人公はふとしたことから作家になる女の子なのですが、彼女のおばあさんが実は小説家を目指していたという設定です。それを書こうとしたきっかけが、『女流文学者会・記録』という本でした。

戦前から七十年間続いた女流文学者の会があり、そこで林芙美子とか同世代の五人ぐらいの作家が座談会をしているのですが、それが「ぶっちゃけトーク」になって

『全集・現代文学の発見』
大岡昇平、佐々木基一、埴谷雄高、花田清輝、平野謙が責任編集をつとめた全集。全十三巻。第六巻「黒いユーモア」には、内田百閒、井伏鱒二、織田作之助、野坂昭如らの十七の物語がおさめられた。学芸書林刊。

「アップルパイの午後」
一九二九年、「女人芸術」に発表された尾崎翠の戯曲。一九七一年に『アップルパイの午後 尾崎翠作品集』が薔薇十字社より出版される（のち出帆社）。

『私のなかの彼女』
角田光代著。二〇一三年、新潮社刊。祖母が作家を目指していたことを知り、自らも作家となった主人公の女性が、恋人、母、仕事、すべてに抗いもがきながら、自分の道を踏み出す物語。

『女流文学者・記録』
一九三六年から七〇余年にわたり多くの女性作家に支えられ、引き継がれた「女流文学者会」の軌跡を記し語った会員作家たちの記録。二〇〇七年、中央公論新社刊。

いるんですよね。あなた家事どうしているのとか、あの頃はすごく貧乏したとか。若いときに男の人を支えながら小説を書いて、お金が欲しいから、とにかくなんでも書く。「煙草ないとやってらんないわよ」みたいな話もしているんですね。「男の作家はいいわよね。女は誰にサービスしてもらえばいいわけよ」みたいなことも言っています。いまでこそ「女流文学」なんて言わなくなりましたが、こういう人たちが頑張ってきたからこそ女性作家が差別されることもなくなったんだなと思いました。

ひと昔前までは、男性作家であることと女性作家であることは、すごく意味が違ったと思うのです。女性が家のことを守りながら、子どもを育てながらものを書き続けるということがいかに大変だったか。それで私は、小説の中に作家になろうとしてなれなかった人を書き入れたのです。そのときは尾崎翠のことはまったく考えていませんでしたが、もし彼女が男性だったらもう少し書き続けることが状況的に容易かったのかなとか、あるいは現代だったら、この時代より書き続けやすかったのかなと思います。当時、文学はやはり男性のものだったと思うんです。お金を稼ぐために男性名で書いて、男だと思われていたという話も出てきます。

以前、テレビに瀬戸内寂聴さんが出ていらしたとき、瀬戸内さんのデビュー作が衝撃的で、男性作家たちに「子宮作家だ」とレッテルを貼られて五年間仕事が来なかっ

瀬戸内寂聴
一九二二年生まれ。小説家、天台宗の尼僧。一九五六年「新潮同人雑誌賞」受賞後の第一作『花芯』でポルノ小説であるとの批判にさらされる。『田村俊子』『夏の終り』『花に問え』など著書多数。

たとおっしゃっていました。女性がものを書くことが違う意味をもっていた時代があったのだと思います。

同世代の作家たち

ただ、女性ならではの苦労もあったでしょうけれど、ものすごく愉しそうでもあるのです。仲間ができていくじゃないですか。男女に関わらず、志を同じくする人たちのグループができていき、その中で切磋琢磨して、ごはんも一緒に食べたり、恋愛もしたり。ものすごく大変な時代だったからこそ、こんなに盛り上がったんだなと思うような仲の良さがあったんですね。尾崎翠が東京へ何度も行きたいと思ったのも、「東京へ行けば仲間がいる」という思いがあったからではないでしょうか。

森まゆみさんが『『青鞜』の冒険——女が集まって雑誌をつくるということ』という本で、『青鞜』の発刊から終刊に至るまでの話を書いているのですが、すごくおもしろいです。平塚らいてうがいやいや発行人になったこととか、上京してきた風変わりな十九歳ぐらいの女の子が彼女に恋をしてしまい、男装して迫ったり、自分がいかに彼女を好きかということを明け透けに編集後記に書いたりとか、いまのフェイス

『青鞜』の冒険——女が集まって雑誌をつくるということ』
森まゆみ著。二〇一三年、平凡社刊。初の女性誌『青鞜』の歩みや平塚らいてうや伊藤野枝らの生き方を、地域雑誌『谷根千』を営んだ著者が丹念に追った作品。紫式部文学賞受賞。

平塚らいてう
思想家、評論家、作家、女性解放運動家。『青鞜』を発刊し、創刊の辞として「元始女性は太陽であった」を書く。

ブックやツイッターに通じるようなはっちゃけ方が当時もあったことが垣間見れます。自分の発表する小説やエッセイに、「こんなことまで書くの?」と思うようなことまで書いたりして、自由だなと思いましたね。みんなで頑張っていくんだ、という盛り上がりがすごいんです。

——角田さんは同世代の作家たちとのつながりはありますか。

私は一九九〇年のデビューなのですが、当時、同世代の作家がまったくいなかったんです。一番近い作家には、同じ雑誌『海燕《かいえん》』でデビューしたよしもとばななさんがいたのですが、ばななさんはそのときすでに売れっ子で、とても「一緒に飲もう」なんていう関係にはなれません。私は同じ作家で話し合える人がずっとほしいと思っていました。作家はひとりでやっているので、「誰かが病気をしたら助け合おうね」と二〇〇〇年に年齢も住む場所も近い五、六人の作家と作家同士の互助会をつくりました。

——明治大正の作家のように、文学上での切磋琢磨といったことはありますか。

よしもとばなな
一九六四年生まれ。小説家。一九八七年『キッチン』で海燕新人文学賞受賞。『TUGUMI』『アムリタ』『不倫と南米』など著書多数。諸作品は海外三十数カ国で翻訳出版されている。

『海燕』
福武書店(現ベネッセコーポレーション)より一九八二年から九六年まで発行された月刊文芸誌。海燕新人文学賞を主催し、数々の才能を世に出した。

ないですね。私たちより上の世代は、文壇バーで作品論を闘わせてけんかしたりといったこともあったようですが、私たちは「互助会」なので和気あいあいとしたものです。お互いの作品についての感想ぐらいは述べ合いますが。

――尾崎翠は、一八九六(明治二九)年、宮沢賢治と同じ年に生まれています。

小学校六年生のときに宮沢賢治の童話がおもしろいと気付いて、卒業するまでに図書館にある宮沢賢治の童話を全部読もうと決めたんです。全部読めたかどうか覚えていないのですが、それから時間がたち、大人になって再び読み返しました。ところが、昔はいい話だと思って読んでいた「セロ弾きのゴーシュ」などの童話がものすごく残酷であることにびっくりしました。弱肉強食、この世には強者と弱者がどうしようもなくあるということを、この作家はこんなにも残酷に書き切っていたのだということに驚きました。

私の中で宮沢賢治は「とても寒い場所の人」というイメージがあります。寒い場所で生きることの大変さを知っている作家。自然の素晴らしさよりも残酷さをよく知っている作家。宮沢賢治も尾崎翠も、どちらも外国語を多用したり、感覚の新しさがあ

宮沢賢治
[一八九六〜一九三三]詩人、童話作家。郷土岩手にもとづいた創作を行う。生前に刊行されたのは詩集『春と修羅』と童話集『注文の多い料理店』だけであった。他の童話作品に『銀河鉄道の夜』『風の又三郎』『グスコーブドリの伝記』など。

るのですが、宮沢賢治には無国籍な感じ、空間の自由さを感じ、尾崎翠の場合は空間よりもむしろ時間の自由さを感じます。

作家になるしかなかった

――角田さん自身は作家になると幼い頃から思っておられたわけですが、それはどうしてですか。

私は三月生まれなので、ほかの子に比べると発達が遅くて、保育園でも友だちができませんでした。誰もかまってくれないので、絵本を見ている。本のページをめくる楽しさを小学校に上がる前に知っていったのです。小学校で「あいうえお」を書くことを覚えると、今度は自分で書く楽しさを知り、読むことと書くことがつながっていきました。そんなとき、宿題で将来の夢は何かという作文を書いてこいと言われました。読むことが好きで、書くことが楽しい、ほかの職業は知らない。「作家になりたい」と書きました。

——それを実現してしまうのは、すごいですね。

よくそう言っていただくのですが、そうではないのです。小学校三年生のときには、その思いはもっと強くなり、「こういう作家になりたい」と具体的に書いています。そのときに、書くことだけ勉強すればいいやと思ってしまったのですね。小学校高学年の頃にはすべての重要科目は放棄してしまいました。英語は中学から始めるからまだいいのですが、理科や数学はまったくわからないまま生きてきて、はっと気付いたらほかに可能性がない。小説がおもしろいということしかなかったんですね。

——それはある意味、幸せなことではないですか。

でも、実際、ものを書くようになると、私は人が知っていることを知らなかったりするので、ものすごい量の勉強が必要になります。『ツリーハウス』という小説で満州に渡った人のことを書いたときは、満州の歴史も知らなくてはいけないので、すごく勉強しました。

『ツリーハウス』
角田光代著。二〇一〇年、文藝春秋刊。一九四〇年から六十年にわたる新宿・翡翠飯店に住む三世代の家族の年代記。

――小説を書くことで、勉強をする機会を与えられている。

本当にそうです。多分私は小説を書いていなかったら、次、何を食べるかしか考えていなかったと思います。小説を書くことは私にとって、「考えて生きる」ということでもあるのです。

――作文には、どういう作家になりたいと書いたのですか。

「松谷みよ子か夏目漱石みたいな小説家になりたい」と書きました。松谷みよ子さんは「モモちゃんシリーズ」が大好きで、夏目漱石は『坊ちゃん』の子ども向けの本を小学校三年生の頃、読みました。漱石はそのユーモアが好きでした。

現実はひとつではない

実は松谷みよ子と尾崎翠は私の中では非常に強くつながっているのです。「モモちゃん」シリーズの第一巻は、モモちゃんの誕生から始まります。モモちゃんが押入れの

松谷みよ子
一九二六年生まれ。児童文学作家。民話をもとにした『龍の子太郎』で国際アンデルセン賞優良賞。『いないいないばあ』などの赤ちゃん絵本シリーズ、『ふたりのイーダ』『わたしのアンネ・フランク』など著書多数。

モモちゃんとアカネちゃんの本
松谷みよ子の代表作。一九六四年より、全六巻完結までに三十二年間をかけた累計六百万部を超えるロングセラー。児童文学ではタブーとなっていた離婚問題を取り上げるなど、幼年童話に新しい境地をひらいた。

夏目漱石
一四三ページ参照

『坊ちゃん』
夏目漱石の松山中学校在校当時の経験を背景とした初期の代表作。

奥に行くとねずみの王子様がいたりするファンタジックな世界は、幼児が実際に見ている、生きている現実だと思います。それが第二巻で、妹のアカネちゃんが生まれ、第三巻になると両親の離婚問題が持ち上がります。お母さんが森の中のおばあさんの占い師のところに行き占ってもらうと、鉢植えの木が勝手に歩くとか、お父さんが家に帰らなくなってしまって靴だけが帰ってくるといった、子どもにとってはぞっとするような、ホラーに近いような描写が続きます。何かわからないけれど、とてつもなく怖いことが起きているということだけがわかる。

その頃はよくわからなかったのですが、成長して尾崎翠や内田百閒《ひゃっけん》を読むようになり、共通しているところがあると感じました。それは、現実というのは私がいま見ているひとつだけの現実ではない、足下で別の現実が進行していて、それが反転してしまうこともあるのだということです。現実の多重性。それを私は「モモちゃんシリーズ」を読んで感じていたのだと思います。

尾崎翠も一見、スープの一番きれいな部分を扱っているように見えますが、なぜ彼女の作品に惹かれるかというと、その底に何か書かれていないことがあると本能的にわかるからなのです。この人は書かないことを選んでいる、世界のある部分を見るんだという意思があることがわかるのです。現実はこれだけではないんだよ、というと

内田百閒
［一八八九〜一九七一］小説家、随筆家。夏目漱石門下のひとり。俳諧的な風刺とユーモアの中に、人生の深遠をのぞかせる独特の作風を持つ。著作に『続百鬼園随筆』『百鬼園俳句帖』『御馳走帖』『ノラや』『阿房列車』など。

ころが、尾崎翠と松谷みよ子に共通しているところだと思います。

——角田さんも家族の話をさまざまな形で書いておられます。

デビューしたときから十年ぐらい、家族とはなんだろうということをひとりの人間として考え続け、意識的にそれをテーマに選んでいた時期がありました。小説家として書き始めたのは二十三歳でしたが、結婚制度を疑問に思っていました。その頃、私は家族とそりが合わなくて、いわば家を出てきたようなものだったのです。「こういう結果になるのに、なぜ人は家族をつくるんだろう。家族って本当にいいものなのだろうか」というようなことを考え続けていました。

本はどのように読んでもいい

——角田さんの作品は映画やドラマにもなっています。映像化された作品をどのようにご覧になりますか。

作家によってまったくふたつのタイプに分かれると思うのですが、映像化される際に、最初からキャスティングや脚本に加わっていく作家と、まったくノータッチの作家がいます。私は完全に後者です。ですから、脚本をチェックしてください、と言われても読んだふりをして、初めて試写のときに観るようにしています。小説と映画はまったく別のものだから、まっさらな気持ちで映画を楽しみたいという思いが常にあるのです。

『八日目の蝉』はテレビドラマと映画になったのですが、両方を観て、はっと気付いたことがあります。小説では「母性」をテーマに書き始めました。母性とはなんだろう、私たち女性全員がもっているものなのか、育てるものなのか。「母性があるはずでしょう」とまわりから押し付けられる風潮もあるな、とか書きながら考えていました。

テレビドラマになったときに本当におもしろいなと思ったのは、小説は選んだ人が読むから、わりと小さいテーマでいいのですが、テレビは不特定多数が観るものなので、テーマの門戸を広げないといけないということです。テレビでは、私たちは人から愛されることで生きられるけれど、誰かを愛することによっても生きることができる、愛する主体になることで生きていくことができる、という少し大きなテーマになっ

『八日目の蝉』
角田光代著。二〇〇七年、中央公論新社刊。愛人の子供を誘拐した女の逃亡劇と、事件後大人になった子どもの葛藤を描く。二〇一〇年、NHK総合でテレビドラマ化。二〇一一年に映画化。

ています。テーマは媒体によって変わるのだと思いました。
　映画になると、またテーマが変わっていました。映画は映画館に足を運ぶ人が観るので、テレビよりも観る人が限られますが、小説よりも間口が大きい。テーマが映画のサイズになっているのです。映画のテーマは、監督の成島出さんがずっと持ち続けているテーマ、「魂の解放」でした。母性や愛も越えて、その人がいかに自分の魂を解放して生きていくことができるかということがテーマになっていて、監督がほかの作品でも描き続けていることとつながっていました。私は、媒体によってテーマが変わるということを、ひとつの小説を複数の媒体で見ることによって気付くことができました。すごく興味深い経験でした。
　実際、本はどのように読んでもいいのです。「この本に込めたメッセージはなんですか」とよく訊かれますが、私はメッセージなんて一切込めていません。私は、自分の小説を好きに読んでほしいと思うし、映画やドラマになって一番嬉しいのは、その人の解釈、その人のものになった表現を見ることができることです。それは幸せなことだなと思います。

――角田さんにとって本を読むとはどういうことですか。

成島出
一九六一年生まれ。映画監督、脚本家。主な作品に「孤高のメス」「ふしぎな岬の物語」など。「八日目の蝉」で日本アカデミー賞最優秀監督賞、芸術選奨文部科学大臣賞を受賞。

純粋に愉しみです。本は助けてもくれないし、力になってもくれない。だけど逃げ場になってくれるときはあります。すごく大変なときに、救ってはくれないけれど、ちょっとだけそれを忘れさせてくれる。でも私たちはまた大変な中に戻っていかなくてはなりません。本は、それを軽減してはくれないけれど、一瞬雨宿りはさせてくれる。でもその雨宿りがすごく愉しい。私にとって本とはそういうものなのです。

フルーツサンドウィッチ

『第七官界彷徨』をはじめて読んだとき、まるで少女漫画のようなふわふわとした甘さと、カラフルな宝石箱が目に浮かびました。そんなイメージのなか、生クリームをたっぷり使ったフルーツサンドが出来上がりました。甘酸っぱい恋愛小説とフルーツサンドウィッチの組み合わせ、まさに黄金コンビの誕生です。

【材料 2人分】
食パン8枚切り2枚、いちご2個、オレンジ⅛個、キウイ¼個、りんご⅛個、純生クリーム※200g、きび糖15g

【作り方】
① いちごとりんごはスライス、オレンジとキウイは皮を剥き、くし形に切る。
② よく冷やした生クリームにきび糖を加え、つのが立つまで泡立てる。
③ 食パンに生クリームを塗り、その上に順番にフルーツを並べ、さらに生クリームを上に重ねて塗る。
④ 温めた包丁でパンを半分に切る。

※生クリームはパックを丸ごと使うと上手く泡立ちます。サンドウィッチに使用するのは約50g〜60g。

林芙美子 著
『放浪記』を読む

湯山玲子
著述家、ディレクター

#『放浪記』

林芙美子の若き日の自叙伝。第一次世界大戦後の困難な時代を、貧困と飢えに苦しみ、下足番、女工、事務員、女給など職を転々としながらも、向上心を失うことなく強く生きた女性の姿を描く。一九二二年から五年間、日記のように書き溜めた雑記帳が原型となっている。一九二八年、『女人藝術』に「秋が来たんだ——放浪記」のタイトルで連載を開始。一九三〇年に改造社より単行本として刊行され、大ベストセラーとなる。その後、何度も映像化、舞台化されている。

◎セミナーでの使用テキスト
『放浪記 改版』林芙美子著、新潮文庫

林芙美子

一九〇三年山口県下関または福岡県門司の生まれと伝えられる。作家。幼少より両親と共に行商の生活を重ねて各地を転々とする。尾道市立高等女学校卒業後、恋人を追って上京。一九三〇年『放浪記』により、一躍人気作家となる。日中戦争勃発後、従軍作家となる。二十余年の作家生活で「風琴と魚の町」「清貧の書」『めし』『浮雲』等の秀作を残し、常に女流作家の第一線で活躍した。一九五一年、四十七歳で急逝。

湯山玲子

一九六〇年東京生まれ。出版、広告の分野でクリエイティブ・ディレクター、プランナー、プロデューサーとして活動。同時に評論、エッセイストとして著作活動を行う。現場主義をモットーに、クラブカルチャー、映画、音楽、食、ファッション等、文化全般に通じる。『女装する女』『四十路越え！』『文化系女子という生き方～「ポスト恋愛時代宣言」！』など著書多数。有限会社ホウ71取締役。日本大学藝術学部文藝学科非常勤講師。

私は宿命的に放浪者である。
私は古里を持たない。

――『放浪記』より

世界をいかに切り取るか

今回のセミナーのお話をいただいて、林芙美子の『放浪記』を読んでみたいと申し上げました。これは彼女の代表作ですが、多くの名作のように本当に読んだことがある人は少ないのではないでしょうか。かくいう私も今回初めてこの本を読みましたが、まさに大きな山脈を登るかのようでした。

林芙美子さんという方は、書き手としてものすごい才能がある。才能といっても、生まれつきの視点という天賦のものではなく、多くの本を深く読みこなして培われた教養の上に立つ力強い才能です。豊かな表現力、観察力がある。小説家というのは、たとえばコーヒーがあったとして、コーヒーを自分の世界観で切り取る、その角度や語調で名文家かどうかがわかります。大抵の作家は四ページに一回ぐらい「個性的な良い表現だな」というのがあるのですが、この人の場合は、一ページに二、三発、ドラムロールのようにダーッとあるのが当たり前になっている。

彼女は、貧乏が辛いということをずっと言っています。普通そういう表現は紋切り型になるものです。ご飯が食べられない、周りが信用できない、家賃の取り立てとか、下宿屋のおばさんのこと――それをこの人は、万華鏡のごとく表現している。柔らかい日常を淡々とつなぐのではなく、日常を「こう思う感情や感性があるのか」と思わせる、世界が林芙美子流にがくんと変わる、そんな力をもっている人だと思います。その作品は翻訳されて世界に紹介されてもよかったのではないでしょうか。

森光子の「放浪記」

『放浪記』の構造は簡単です。貧乏している女の人がいて、お金がないがゆえに、軋轢があったり、いじめのようなことがあったり、男に逃げられたり、辛いことがたくさんあります。林芙美子は、ゲットした男たちが、彼女にお金を貢がせる売れない役者であったり、自分の代わりに彼女に原稿を持って行かせ、それを受け取ってもらえなかったからといって殴る同業の小説家であったり、ひどい男の羅列です。いわゆるDV男なので、ひどい行為が終わったとたんに優しい人に戻っている。普通、女流作家ですと、そうした男女の関係性に焦点をあてて描きます。それがある種、女流作家の存在意義みたいなものと男性作家も考える。しかし、林芙美子さんは男のことを書いてはいるのですが、実にあっさりしています。イメージと違いますよね。そこがこの作品のおもしろいところで、実はこの自意識が非常に現代的なんです。

林芙美子さんの文学者としての不幸は、なんといっても森光子のお芝居です。でんぐり返し二千回以上ですか？　故森光子さんが舞台の上で老境にもかかわらずでんぐり返しをする、その舞台化のイメージが強烈で、読まなくてもなんだか、お腹いっぱいになった気になってしまうんですね。

林芙美子の『放浪記』というと、最初に浮かんでくるのは、「貧乏に苦しんだ女の立身出世物語」というイメージではありませんか。そういうテーマって、「おしん」にしろ、世の中の大衆演劇やテレビドラマでも、何度も繰り返されている。私も「そんな類いなら別にいいや」と思っていたのです。

DV（ドメスティック・ヴァイオレンス）
夫婦や同居している恋人同士などの間で起こる暴力のこと。

森光子
［一九二〇〜二〇一二］女優、歌手。日本を代表するお母さん役として人気を博した。女優で初の国民栄誉賞を受賞。

舞台「放浪記」
一九六一年芸術座で初演された、『放浪記』を原作とした舞台。脚本は菊田一夫。主演は、初演以来二〇〇九年までの通算二〇一七回を森光子が務めた。

「おしん」
一九八三年四月から一年間にわたって放送されたＮＨＫ連続テレビ小説。

ところが、ある時テレビで「放浪記」の舞台を全編見てしまったんです。そしたらね、いいんですよ、これが。それまで私は、「情に厚く、日本的な風土に生きながら、定住できなかったはぐれ女の物語」を想像していたのですが、全然違った。ものすごくハードボイルドで、主人公はカッコいい。今回、原作を読んで、脚本家も原作をゆがめることなく、主人公のセンスをそのまま舞台化していることを確認しました。そこに森光子さんという才能が乗っかった、すごい舞台だったのです。

普通こういうテーマだと、芸術に生きる女性だとか、家庭にいられなかった女性が、陰では「よよよ」と泣いたりする、弱さの美学のようなものを見せていくものですが、違うのです。舞台の森光子さんもタバコをパーンと吸って、原作の主人公にあるような軽さがある。貧乏による苦労があっても、ハイ次、ハイ次という感じの飛ばし方。

通奏低音になっているのは、生きていくことへの期待と人間的な欲求です。ディープな健康とも言えるもので、実は日本文学でこのド正面テーマは珍しい。ロングランというのはたいしたもので、バカにできないです。だからこそ舞台を観た主婦たちは、はぐれものの女の弱さや人間臭さへの共感よりも、林芙美子から森光子にバトンタッチされた熱をズバーンと精神に注入されて、「ああ、明日から私も生きていこう」と思うのでしょうね。「放浪記」は観るべき舞台ですし、戯曲としても残っていくべき作品だと思います。

林芙美子の人生と文学

現代はブランディングの時代ですから、あるものを「〇〇の××」と一言で言える方がうまく流通します。『放浪記』はとても豊かな物語ですが、二十秒でコメントすると、「貧乏な女の立身出世と生きていくエネルギーの素晴らしさ」という一言で片付けられてしまう。文学界って男性社会ですから、そこに「女流作家」とくると、非常にわかりやすいレッテルを貼られ、ステレオタイプ化されてしまう。いわば、これは林芙美子という怪物的な女だからこその物語で、一般の共感は得られないという。林芙美子の『放浪記』もそうした扱われ方をしてきたように思います。奔放な人生の方が有名になってしまって、作品がちゃんと読まれていないところがありますよね。

芙美子は、実父には認知されず、母・キクさんと、彼女が出会った二十歳年下の喜三郎さんを養父として育ちます。幼い時から行商人である両親とともに、あちこちを転々とする「流浪の民」としての日々を送っていました。小学校も転々としているのですが、尾道で四年間女学校に通い、すべて自分で働いたお金を工面して、なんとか卒業しています。彼女がさらにすごいのは、家を出てからもずっと親に仕送りをしていることです。身一つであれば、文学活動をすることはできるかもしれませんが、仕送りをする家族がいる中でやっていくのは並大抵ではなかったと思います。また、貧しい芙美子にとって生徒たちはお嬢様ばかりで階級差《クラス》のある女学校は居心地が悪かったであろうことは十分想像できます。

でも、彼女は人間関係の恨みつらみみたいなことは、全然書いていません。そうした機微を書く作家は多いですが、林芙美子という人は、あえて書かなかったのか、興味がなかったのか。彼女はユーゴーの『レ・ミゼラブル』などの世界文学に親しんでいて、そうした大河小説の方に向かおうという志があった人のように私には思われます。

一九二二年、女学校卒業直後、林芙美子は遊学中の恋人を頼って上京し、下足番、女工、事務員、女給などで自活し、義父・実母も東京に来てからは、その露天商を手伝います。しかし翌年、卒業した恋人は帰郷して婚約を取り消し、同年九月には関東大震災を経験しています。いろいろな悪い男に引っ掛かりながらも一九二六年、手塚緑敏という画学生と出会って結婚し、安定して作家活動を続けていきます。そして一九二九年に友人の寄金を受けて、初の単行本の詩集『蒼馬を見たり』を自費出版、翌年『放浪記』を出すのです。

ウィキペディアには「『放浪記』と『続放浪記』とは、昭和恐慌の世相の中で売れに売れ、芙美子は流行作家になった」そして「印税で中国へ一人旅した。講演会など

『レ・ミゼラブル』
ヴィクトル・ユーゴー（一八〇二〜一八八五）が一八六二年に発表した、十九世紀のフランス文学を代表する作品。ロマン主義大河小説。

手塚緑敏
［一九〇二〜一九八九］画家。妻芙美子の執筆を助け、支え続けた。彼女の死後も文集の整理に尽力した。

『蒼馬を見たり』
林芙美子著、南宋書院、一九二九年。三十四篇の詩が収められる。

の国内旅行も増えた。一九三一年十一月、朝鮮・シベリヤ経由でパリへ一人旅した。既に満州事変は始まっていた。金銭の余裕があれば旅に出て、向こう見ずな単独行を怖じなかった。ロンドンにも住み、一九三二年六月に帰国した。旅先から紀行文を雑誌社に送り続けた」とあります。

林芙美子が現代に生きていたら

芙美子の紀行文を集めた『下駄で歩いた巴里』という本があります。外国語はしゃべれなかったけれど、彼女は出会ったロシア人とかと躊躇《ちゅうちょ》なく、隣人感覚で交流しているんですね。この本を読んでびっくりするのは、実に現代的な文章であること。『ku:nel』とかの雑誌に「私のパリ手帖」として載っていてもおかしくないほどです。彼女は読書を通して西洋のものについてある程度の知識があったので、パリに行ってもあまり驚いていません。好奇心の強さもあって、ひとつひとつのことを恐れていないんですよね。

私は雑誌で、女子の悩み相談などを受けているのですが、いまの若い子は親が過保護なのでひとりでご飯も食べられないし、ひとりでクラブにも行けない。ひとりで旅

『下駄で歩いた巴里』
立松和平が編集を手がけた林芙美子の紀行集。岩波書店より刊行。『放浪記』刊行後、シベリア経由で欧州を旅し、パリ、ロンドンに滞在した頃の紀行二十篇を集めた。

『ku:nel』
三十代前後の女性向けにシンプル・スローライフなどをテーマとしたライフスタイルを提案する女性総合誌。マガジンハウス刊。

行なんてとんでもない。一方、芙美子は、これだけ貧乏だと何でもひとりでやるしかないわけで、ひとり行動はもうお手のもの。海外に行っても、お酒飲んで、カフェにいる人たちのことを普通に書いているんですよね。これをロンドンへ留学して精神を病んでしまった夏目漱石と比較してみるとどうか。「えっ、憧れのロンドンに行ったら、友人をつくったり、遊べばいいじゃない？」と思ったりするわけですが、インテリ男性にはそれができない。それに対して芙美子は、現代のように情報がなくても、かの地にたったひとりで立てる胆力と気力があった。淡々としていて、本当にこの人、強かったと思います。お金がなくて船室に泊まれず、襲われたりしても「ＮＯ」と言って切り抜けたり、すごくうまくやっている。格好いい男性との出会いもあって、結構ナンパもされています。性に奥手だったわけではなく、ガンガンに男性とはすったもんだやっているわけですが、案外それもさらっとしています。

そして、芙美子は流行作家になっていくのですが、ウィキペディアの記述でおもしろかったのは、「かつて原稿の売り込みに苦労して、人気作家になってからも執筆依頼を断らぬ芙美子は」というところ。ここはね、身につまされますね。私も絶対原稿依頼断らないんですよね、苦労したから（笑）。「執筆依頼を断らぬ芙美子は、ジャーナリズムに便利だった。書きに書いた。その中に『晩菊』や『浮雲』などの名品もあっ

雑誌で女子の悩み相談
『AneCan』『ＧＬＯＷ』『ＶＯＧＵＥ』『日経ウーマン』など女性誌に、恋愛や仕事、生活、お金など女性の悩みに関する湯山玲子の相談コーナーがある。

夏目漱石
［一八六七～一九一六］作家、英文学者。一九〇〇年、文部省の派遣により英国に留学するが、極度の神経症に悩まされ、帰国。『吾輩は猫である』『坊ちゃん』『三四郎』『こころ』など、明治期の日本文学史に輝く作品を生んだ。

た。私用や講演や取材の旅も繁くした。一九四九年から一九五一年に掛けては、九本の中長編を並行に、新聞・雑誌に連載した」と、この書かれ方からもわかりますよね。文壇のメインから、ある種、邪道扱いというか、「あの人はお金のためになんでも書くんでしょ」という悪口が聞こえてきそうですよね。

急逝の直前には、NHKラジオの生放送「林芙美子さんを囲んで」に出演し、女子大生数人に対し質疑応答をおこなっています。いまの雑誌のようなことをやっているんですね。いまだったら流行作家としてテレビなんかにもガンガンに出て、コメンテーターとかもやっていたかもしれません。

さらにまたウィキペディアには、「七月一日、自宅で告別式が執り行われた。近在の市民が大勢参列した。葬儀委員長の川端康成は、『故人は、文学的生命を保つため、他に対して、時にはひどいこともしたのでありますが、しかし、後二、三時間もすれば、故人は灰となってしまいます。死は一切の罪悪を消滅させますから、どうか故人を許して貰いたいと思います』と弔辞の中で述べたという」。これはなに！　ひどいですね、川端康成って。こういうことを言うのは、彼が彼女の才能に嫉妬していたからではないでしょうか。と同時にすべての男性がもっている女性嫌悪《ミソジニー》――生活者であり、金銭のやり取りをしながら、こういう文学も書けるという女性の強さ、図太さに対する男

川端康成
［一八九九～一九七二］作家。『伊豆の踊り子』『雪国』『古都』ほか著書多数。日本人で初めてノーベル文学賞を受賞。

ミソジニー
女性や女性らしさに対する偏見や嫌悪感を指す言葉。女性嫌悪、女ぎらいとも。

性の嫌悪を、この弔辞に感じたりもします。

しかし、実際のところ、売れて鼻が高くなって、本当に嫌な女に成り下がった可能性もあるので、評伝をあたってみることをお薦めします。平林たい子さんが書いていますし、桐野夏生さんの『ナニカアル』も林芙美子の評伝なんですね。

文章家・林芙美子

『放浪記』は、もともとは小説として書かれたものではなく、毎日毎日、とにかく自分のいろいろなことを書いた雑記帳をダイジェストして本にしたものです。発表するあてはない、しかし自己のソリューションのためだけでもなく、文章の練習も含め、発表をもくろんでいた、読者を想定している書き方です。ちょっと読んでみましょう。

（四月×日）

地球よパンパンとまっぷたつに割れてしまえと、呶鳴ったところで私は一匹の烏猫《からすねこ》だ。世間様は横目で、お静かにお静かにとおっしゃっている。又いつもの淋しい朝の寝覚めなり。薄い壁に掛った、黒い洋傘《パラソル》をじっと見ていると、その洋傘が色んな形に見えて来

『林芙美子／宮本百合子』
林芙美子と同時代を生きた女流作家、平林たい子が、ライバルでもあった二人の女性作家、林芙美子と宮本百合子の文学と人生を描いた評伝。

『ナニカアル』
桐野夏生著、新潮社。陸軍放送部の嘱託としてとして南方に行った林芙美子の史実を元にした小説。読売文学賞、島清恋愛文学賞受賞。

る。今日もまたこの男は、ほがらかな桜の小道を、我々同志よなんて、若い女優と手を組んで、芝居のせりふを云いあいながら行く事であろう。私はじっと背中を向けてとなりに寝ている男の髪の毛を見ていた。ああこのまま蒲団《ふとん》の口が締って、出られないようにしたらどんなものだろう……。このひとにピストルを突きつけたら、この男は鼠《ねずみ》のようにキリキリ舞いをしてしまうだろう。お前は高が芝居者じゃないか。インテリゲンチャのたいこもちになって、我々同志よもみっともないことである。私はもうあなたにはあいそがつきてしまいました。あなたのその黒い鞄《かばん》には、二千円の貯金帳と、恋文が出たがって、両手を差し出していましたよ。

「俺はもうじき食えなくなる。誰かの一座にでもはいればいいけれど……俺には俺の節操があるし。」

私は男にはとても甘い女です。

男は素封家のぼんぼんで、自分にはまったくお金を入れないんだけれど、芝居と女優の女のためにはちゃんと預金通帳を鞄に入れているのを彼女が見つけてしまうんですよね。この書き出しすごいですよね、「烏猫」。多分作家は怒り心頭に達しているのだけれど、そんな自分を「烏猫」に見立てるところに、ユーモアと諦観がある。それが最後の「私は男にはとても甘い女です」の重量を生かしている。書きたいことは、この男の不実さなんですけれども、それを表現するためにこの冒頭をもってくるところが、この人のおもしろいところですよね。「鳥猫」と「地球よパンパン」のイントロがしゃれていて、なんだかシャンソンの歌詞のようです。

次のページも好きなんだよね、私。

（四月×日）

国から汐《しお》の香の高い蒲団を送って来た。お陽様に照らされている縁側の上に、送って来た蒲団を干していると、何故《なぜ》だか父様よ母様よと口に出して唱いたくなってくる。

今晩は市民座の公演会だ。男は早くから化粧箱と着物を持って出かけてしまった。私は長いこと水を貰《もら》わない植木鉢のように、干《ひ》からびた情熱で二階の窓から男のいそいそとした後姿を眺めていた。

ここもねぇ。浮き浮きした男を見送る彼女の言葉。もう愛想がつきてしまって、しらけている彼女の「干からびた情熱で」というのが格好いいですよね。

夕方四谷《よつや》の三輪会館に行ってみると場内はもういっぱいの人で、舞台は例の「剃刀」である。男の弟は目ざとく私を見つけると目をまばたきさせて、姉さんはなぜ楽屋に行かないのかとたずねてくれる。人のいい大工をしているこの弟の方は、兄とは全く別な世界に生きているいい人だった。

舞台は乱暴な夫婦喧嘩《げんか》の処《ところ》だった。おおあの女だ。いかにも得意らしくしゃべっているあのひとの相手女優を見ていると、私は初めて女らしい嫉妬《しっと》を感じずにはいられなかった。男はいつも私と着て寝る寝巻を着ていた。今朝二寸程背中がほころびていたけど私はわざとなおしてはやらなかったのだ。一人よがりの男なんてまっぴらだと思う。

私はくしゃみを何度も何度もつづけると、ぷいと帰りたくなってきて、詩人の友達二三人と、暖かい戸外へ出ていった。こんなにいい夜は、裸になって、ランニングでもしたらさぞ愉快だろうと思うなり。

おもしろいでしょ、この人。ここは修羅場なんですよ。舞台で男が、浮気中の女と出演しているところを見にいくわけですよね。屈辱というか、「ううーっ」てなる場面なんだけど「私は初めて女らしい嫉妬を感じずにはいられなかった」とさらっと書いていています。寝間着と背中のほころびのくだりで、私たちは彼女の呪詛というか嫉妬をガンガン感じているのに、なぜあえてここに「嫉妬を感じた」という文章を置いたのか。それは、そう書くことによって嫉妬が軽くなる方法とでもいうのでしょうか、それ以上、読者に想像させない、という逆説的なストッパーになっている。上手いですよね。軽くすることで、あえて、その場の絶望が浮き彫りになっていくという表現。

そして最後。「こんなにいい夜は、裸になって、ランニングでもしたらさぞ愉快だろうと思うなり」というこの立ち直り。自分と同衾しているときの寝間着を男が着ているのを目撃したひどい状態から「ばかやろー」と蹴上がるかっこよさとともに、もはや殺気充分の「剃刀」という舞台のタイトルもすごいですよね。このシチュエーションだけで中編書けますよね。たった数百字で、ある種のリズム感と潔さを表現し、二重に受け取られるような文章のレトリックも使える。ちょっと中島みゆきのセンスにも近いよね。

林芙美子は「動詞」の作家

（十二月×日）

浅草はいい処だ。

浅草はいつ来てもよいところだ……。テンポの早い灯の中をグルリ、グルリ、私は放浪のカチュウシャです。長いことクリームを塗らない顔は瀬戸物のように固くなって、安酒に酔った私は誰もおそろしいものがない。ああ一人の酔いどれ女でございます。酒に酔えば泣きじょうご、痺《しび》れて手も足もばらばらになってしまいそうなこの気持ちのすさまじさ……酒でも呑まなければあんまり世間は馬鹿らしくて、まともな顔をしては通れない。あの人が外に女が出来たと云って、それがいったい何でしょう。真実《ほんとう》は悲しいのだけれど、酒は広い世間を知らんと云う。町の灯がふっと切れて暗くなると、活動小屋の壁に歪《ゆが》んだ顔をくっつけて、荒さんだ顔を見ていると、ああ明日から私は勉強しようと思う。夢の中からでも聞えて来るような小屋の中の楽隊。あんまり自分が若すぎて、私はなぜかやけくそにあいそがつきて腹をたててしまうのだ。

早く年をとって、年をとる事はいいじゃないの。酒に酔いつぶれている自分をふいと反省すると、大道の猿芝居じゃないけれど全く頬かぶりをして歩きたくなってくる。

浅草は酒を呑むによいところ。浅草は酒にさめてもよいところだ。一杯五銭の甘酒、一杯五銭のしる粉、一串《くし》二銭の焼鳥は何と肩のはらない御馳走《ごちそう》だろう。

カッコいいですよね。浅草と一杯のしるこだったり、瀬戸物のように固くなった顔など、具体的なモノをバスバスと入れていって、シーンが目に浮かぶよう。ここで彼

カチュウシャ
レフ・トルストイ（一八二八〜一九一〇）の小説『復活』に登場するヒロインの名前。日本では『復活』を原作としたサイレント映画「カチューシャ」が一九一四年に公開され、大ヒット。劇中歌「カチューシャの唄」も流行した。

女は酒がなければやっていけないということをずっと書いているわけですが、「荒んだ顔を見ていると、あああすから私は勉強しようと思う」というような述語がついている。これ、私の宿酔《ふつかよ》いの時の気分と一緒（笑）。入口と出口が違うというか。前半はムーディーな感じなんだけど、突然、「あっ芙美子さんが動くのね」という感じ。「勉強しようと思う」とか「尾道に行こうと思う」とか、自分の足で立って行動する、ポジティブな動詞を入れてくることで、彼女の生きる力が際立ってくる。ドライブ感があるのです。

いまの若い人の文学は述語が曖昧ですよね。動詞がなくて、全体的に形容詞だけでいっちゃうような、頭の中で動詞を補完して空気を愛でていく感じ。日本語というのは動詞がなくてもつながっていく、空気で読んでくださいっていう言語。一方、グローバリゼーション言語の英語は、動詞の世界です。「日本語における動詞問題」というのは、おもしろいテーマかもしれませんね。

このシークエンスを読んで思うのは、林芙美子さんの文章は映像的だということ。映像の飛び方、ショットのつなぎ方、カメラワークのようなものを感じます。「浅草はよいところだ」のあとに、「御馳走であろう」という言葉がきたとき、目線が街の中から急に飲み屋の食卓に移る。彼女のバックにある風景が頭の中に照射されるようなイメージの強さがあるのです。
飛び方と前後の省略の仕方。完全に詩の世界ですよね。歌詞がスパスパッと切れていくラップに近い。彼女はやはり詩人であり、詩人から作家になった人なんですね。実際、彼女はすごく勉強していて、ヨーロッパの哲学や文学をかなり読んでいます。

スチルネルの自我経。ヴォルテエルの哲学、ラブレエの恋文。みんな人生への断り状だ。生きていることが恥ずかしいのだ。

ここも格好いいですよね。「人生の断り状だ」と言われちゃうと、そうなのかなって、こういう境地に私も立ちたいものです。「芥川龍之介は人生の断り状だ」とか、なんにでも使えそうです。うまいですよね。

（十月×日）
窓外は愁々とした秋景色である。小さなバスケット一つに一切をたくして、私は興津《おきつ》行きの汽車に乗っている。土気《とけ》を過ぎると小さなトンネルがあった。

スチルネル
マックス・シュティルナー［一八〇六～一八五六］ドイツの哲学者。徹底したエゴイズムを軸にした哲学を展開した。
ヴォルテエル
ヴォルテール［一六九四～一七七八］フランスの哲学者、作家、文学者、歴史家。啓蒙主義を代表する学者。
ラブレエ
フランソワ・ラブレー［一四八三～一五五三］フランスの作家、医者。『ガルガンチュワとパンタグリュエル』で知られる。
興津行きの汽車
千葉県を走る現在の外房線の列車。

サンプロンむかしロオマの巡礼の
知らざる穴を出でて南す

私の好きな万里《ばんり》の歌である。サンプロンは、世界最長のトンネルだと聞いていたけれど、一人のこうした当てのない旅でのトンネルは、なぜかしんみりとした気持ちになる。海へ行く事がおそろしくなった。あの人の顔や、お母さんの思いが、私をいたわってい
る。海まで走る事がこわくなった。――三門《みかど》で下車する。燈火がつきそめて駅の前は桑畑。チラリホラリ藁《わら》屋根が目についてくる。私はバスケットをさげたままぼんやり駅に立っていた。

「ここに宿屋がありますでしょうか?」

「この先の長者町までいらっしゃるとあります。」

私は日在浜《ひありはま》を一直線に歩いていた。十月の外房州の海は黒くもりあがっていて、海のおそろしいまでな情熱が私をコウフンさせてしまった。只《ただ》海と空と砂浜ばかりだ。それもあたりは暮れそめている。この大自然を見ていると、なんと人間の力のちっぽけな事よと思うなり。

サンプロン
アルプス山脈にあるシンプロントンネルのこと。一九〇六年にスイスとイタリアを結ぶ、当時で世界一長いトンネルが完成。

これは旅の一節です。林芙美子は、男と女の逢瀬の場面では、情緒を纏綿《てんめん》とさせないぶつ切りの表現が多い。惚れた男への嫉妬や内面的な話になると、「尻をからげてえっさっさ」みたいな感じで、照れ隠しのように情緒の部分を書かない。ところがこういった旅先の自然が出てくる場面ではカットワークをやめてしまい、固定カメラでずっと景色を追っていく情緒的なことを行っています。自然の中で一人でぽーっとしているようなときに襲ってくる人間の孤独みたいなところは、丁寧に筆を尽くして書く。自然は、芙美子にとってやすらぎであり、彼女は自然との語らいによって心身を癒されています。たびたび出てくる自然の描写は本当に美しいと思います。

林芙美子は書き分け方を知っているんですよね。男女のよしなしごとはスピーディーな抽象画にしてしまい、一方で風景画を描いていく。林芙美子は、カットと長回し、その両方を文章でやっている。そこに私は、たとえばウディ・アレンが深い愛のテーマをあのコメディタッチで描いてしまうような「照れ」と同様のものを感じます。でも、それゆえに文壇であまり評価が高くなかったのかもしれません。

また、これは私の「林芙美子論」なのですが、林芙美子さんて、レズっけが相当あったと思うんですよね。芙美子は男についてはひどい表現をしているのですが、女の人を書くときはものすごく慈しむような表現が多いんです。肉感的ですらあります。

『放浪記』は女たちの物語として読むこともできます。貧乏の中で地縁血縁もなく、故郷を追われた女たちが東京に出てきて労働している。結婚しても男たちが食べさせてくれるわけではなく、逆に女のヒモになっている。そうした女たちが助け合って生きる、上野千鶴子的に言うと「女の関係縁《えん》」の証言文学として読むこともできると思います。

昔の貧乏、今の貧乏

さて、『放浪記』では「貧乏」がテーマのひとつなのですが、みなさんは当時の貧乏と現代の貧乏とどちらが辛いと思いますか。

——今のように他の人との比較ができないから、貧乏でも、自分がそんなに不幸だとは認識しなかったのではないでしょうか。

そうですよね。みんなが貧乏だからそんなに辛くない。現代の場合、テレビなどの情報があふれているから、人との比較で自分を貧乏だと考える。それはきついですよね。

上野千鶴子
一九四八年生まれ。社会学者。家族社会学やジェンダー論、女性学などを専門とする。『近代家族の成立と終焉』でサントリー学芸賞。湯山玲子との共著に『快楽上等！ 3・11以降を生きる』がある。

——林芙美子さんの時代は、貧乏は選べない。物もなければお金もないから、今日を生きるために精一杯の日々を送っていて「次」がない。一方、現代は、仕事を探そうと思えば見つかるのに、自分のやりたい仕事を求めるがゆえにあえて職に就かない人もいる。現代の貧乏は「選べる貧乏」という面もあるのではないでしょうか。

私は現代の貧乏の方が辛いと思うんです。生きることが保障されているがゆえに、「どうしても生きなくちゃ」という気力がわいてこない。一番怖いのは、働かなくて家に一人でいてもたいてい親の蓄えで食べていかれる。林芙美子は外に出なくては食べていけなかった。でも今はそれをしなくてもいいんです。テレビがあるから、一日の大半をおもしろく過ごせちゃう。日本のテレビって世界一おもしろいんです。でも、カフェの女給として働きに行くという、林芙美子の時代の方がみんな楽しかったんじゃないかな。何もしなくても生きていくことができるということの方が辛いのではないでしょうか。

高度資本主義では「安全」と「安心」が求められていく。それによって周りが全部固められてしまった辛さを私は感じるのです。女性誌の人生相談のコーナーで毎月出てくるのが、将来のお金の不安です。「私は結婚していません、家のローンが残っているのに父が失職してしまって私に負担がかかってきそうです……」と。とにかくお金のことが不安で、やることといったら貯金。夜遊びもしない、旅行にも行かない、そんなお金あったら貯めていく。今を生きる女性の「不安と恐怖の強さ」を感じます。

海外の街並みを見て思うのは、日本はお金がないと楽しめない構造が強すぎるということ。パリなんかだと、広場や通りなど、貧乏な人たちにもいろいろな逃げ場がある。お金がなくても楽しめる。ところが日本にはそういう場がなくなってきている。2×4《ツーバイフォー》の家がバーッと続く街並み、画一的なデザイン、商店街すらだめになって、スーパーモールが立ち並ぶ。目の前に広がる非常に管理された空間は、貧乏人には視覚的にもきついと思うんですよね。

あの時代、林芙美子は今でいうニート、底辺にいる人間でした。それでも彼女は前へ前へと生きていく。尾道へ行こう、房総へ行こうと動いていく。「述語」で生きる世の中でした。それがなぜ、今の私たちから失われてしまったのか。「リア充」と言われますが、実生活をより豊かに生きていくために、彼女がもっている行動力の「述語」、すなわち、生きるエネルギーの強さを、この『放浪記』から学んでいくことができたらと思います。

手亡豆あんのこっぺぱんサンド

『放浪記』第一部の冒頭で、小学生だった主人公が行商をして、ひとつ一銭のアンパンを売り歩くシーンが出てきます。小さなあんぱんと、第一次世界大戦後の困難な時代を生き抜いたひとりの女の人生が重なりました。女のたくましさや自由さ、明るさを思い浮かべながら、香りづけには、ラム酒を少々忍ばせて。

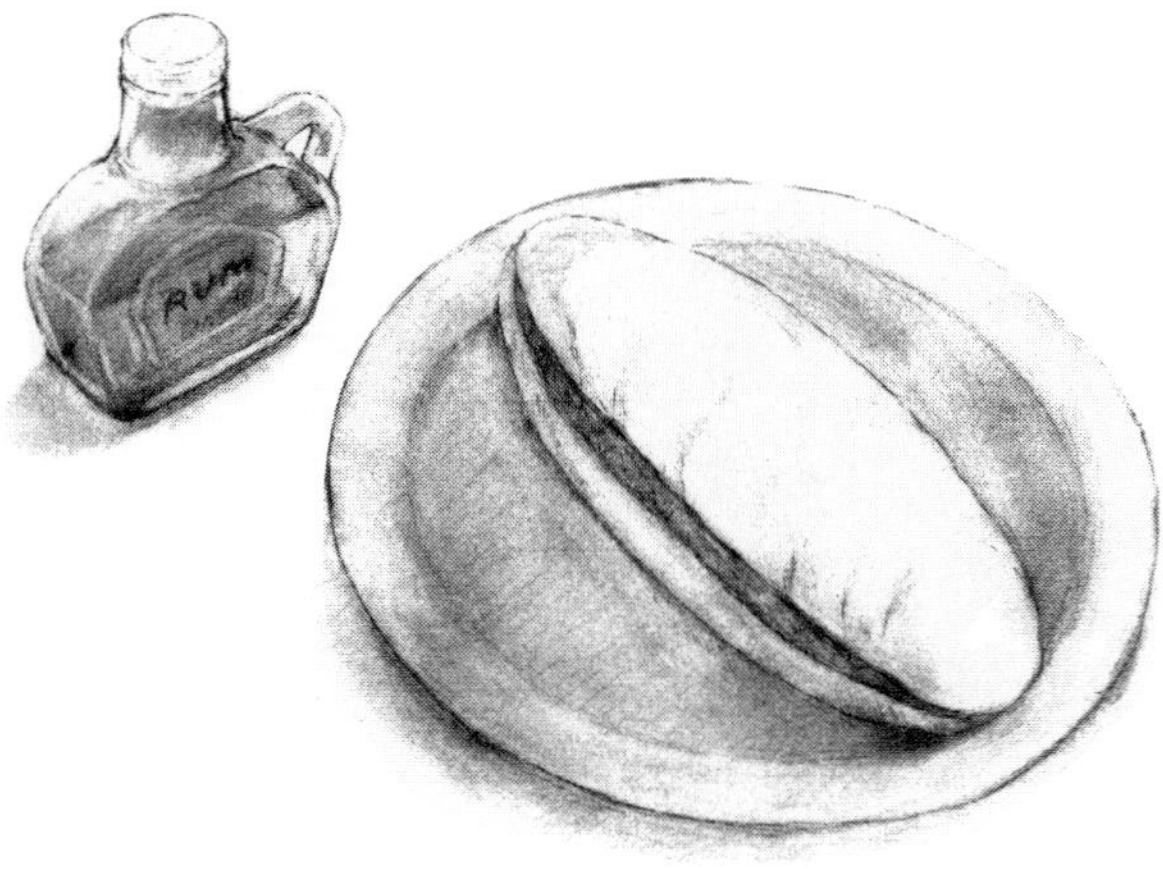

［材料 2人分］
こっぺぱん（2つ）、手亡豆※（乾燥）150g、きび糖45g（茹でた豆の20〜30%）、ラム酒小さじ1

［作り方］
① 手亡豆を指でつまんですぐつぶれるくらいの柔らかさになるまで茹でる。（茹で汁は別に分けて残す）
② ①をフードプロセッサーに入れて回す。まざりにくい場合は茹で汁を加える。
③ なめらかになったら砂糖を加え、弱火で混ぜながら練り、塩をひとつまみ入れる。
④ 冷めたらラム酒を加え、あんの完成。
⑤ パンに④を挟んで、温めた包丁でパンを4等分に切る。

※あんは、150gの豆からおよそ300g作れますが、一度にたくさん作った方がおいしく出来上がります。サンドウィッチに使用するのは約50g。

高村光太郎著
『智恵子抄』を読む

末盛千枝子
編集者

『智恵子抄』

一九四一年に刊行された高村光太郎の二冊目の詩集。明治末期、旧態依然とした日本美術界への不満から、荒んだ生活を送っていた光太郎は、智恵子との出会いによって生まれ変わる。著者にとって智恵子は、最愛の女性かつ創作の源として存在した。激しい恋愛時代、幸福な結婚生活を経て、智恵子の発病、その死、そして死してなお募る思い——。一九一一年から四一年まで三十年間にわたって書かれた智恵子に関わる詩、短歌、散文を収録する。『智恵子抄』は、映画、テレビ、ラジオ、小説、戯曲、能、オペラ、歌謡など多様な分野の創作の題材となり、多くの作品が生み出されている。

◎セミナーでの使用テキスト
『智恵子抄』高村光太郎著、新潮文庫

高村光太郎

一八八三年東京生まれ。彫刻家、詩人。東京美術学校で彫刻、洋画を学ぶ。ロダンに傾倒し、一九〇六年よりニューヨーク、ロンドン、パリに留学。帰国後、美術評論や詩を次々と発表。一九一四年最初の詩集『道程』刊行（日本芸術院賞受賞）。戦後、戦争協力詩を書いたことへの自省から岩手県太田村に七年間独居。代表的な彫刻作品に「手」「鯰」「乙女の像」など。一九五六年死去。

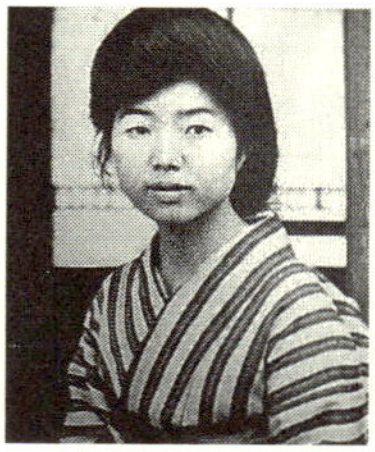

高村智恵子

一八八六年福島県生まれ。洋画家。女学校卒業後上京、日本女子大学に学ぶ。雑誌『青鞜』の表紙絵を描くなど、若き女性芸術家として注目される。一九一四年高村光太郎と結婚。生家の破産や一家離散などの心労も重なり、統合失調症で入院。病室で多数の切絵作品を生み出す。一九三八年死去。

末盛千枝子

一九四一年東京生まれ。編集者。幼少期を盛岡で過ごす。一九八八年すえもりブックスを設立、ターシャ・テューダー、ゴフスタインの絵本、皇后美智子さまの講演録などを出版。二〇一〇年岩手県八幡平市に移住。被災地の子どもに絵本を届ける「3・11絵本プロジェクトいわて」代表。二〇一四年IBBY名誉会員。著書に『人生に大切なことはすべて絵本から教わった』ほか。

あれが阿多多羅山、
あの光るのが阿武隈川。

――『智恵子抄』より

千枝子という名前

今回の読書会にあたり、「どんな本を選びますか」と訊かれたとき、わりと迷いなく「『智恵子抄』にしたい」と申し上げました。なぜかというと私の中で、一度はきちんと『智恵子抄』のことは考えなければいけないと思っていたからです。

三年半前、二〇〇八年の五月に私は東京から岩手に引っ越しました。そこは岩手山の麓で、まわりは田んぼや畑です。今日もそこから出てまいりました。岩手は父の故郷であり、私自身も子ども時代を盛岡で過ごしました。そして、普段はほとんど見つけられないのですが、今日は新幹線から「あれが安達太良山だろうか」と思う山が一

安達太良山
福島県にある山。『智恵子抄』のほか『万葉集』などにも登場する。

瞬だけ見えて、「ああ、きっとそうだ」と嬉しく思いました。

私の「千枝子」という名前は、高村光太郎さんがつけてくださった名前です。父がよくその話をしてくれました。話にだけは聞いていて、実際に見たことはないのですが、「命名　舟越千枝子　高村光太郎」という半紙がどこかにあるはずだと言われていました。でもそれは、疎開や何かで失われたのだと思います。

中学生や高校生のときに、友だちが「『智恵子抄』ってステキよね」と言うのを聞く度に、なんとなく、むっとしていたんです。「そんな簡単じゃない。それがどんなに大変なことかわかっているの？」という思いがありました。もちろん私だって素晴らしい本だと思っていましたし、美しい大好きな詩がいくつもあるとは思っていました。

私は父が舟越保武という彫刻家で、いまでこそ「長崎二十六殉教者記念像」などで知られておりますが、皆様は想像がつかないかもしれませんが、私が子どものときは、日本中が貧しかったということもありますが、戦後のもののない時代に彫刻だけでやっていこうとするのは本当に大変なことでした。特に子どものたくさんいる若い夫婦など、とても大変で、「絶対に芸術家と結婚する羽目にだけはなりたくない」と思っておりました。いまは、芸術家と結婚しなくても大変なことは変わりなくたくさんあ

舟越保武
［一九一二～二〇〇二］戦後日本を代表する彫刻家。「長崎二十六殉教者記念像」で高村光太郎賞、「原の城」で中原悌二郎賞を受賞。端正なブロンズや大理石の彫刻で知られる。

「長崎二十六殉教者記念像」
日本二十六聖人記念館の記念碑につくられた、舟越保武の代表作。一九五八年に制作に着手し、四年半の歳月をかけて完成させた。

ると思ってはおりますが。

ただ、どういう話をすれば父に覚えめでたいかというのが、小さいときからなんとなくわかっておりました。光太郎の詩についてもそうでした。「雨にうたるるカテドラル」というパリのノートルダムのことを謳った詩がとても好きだ、と父に言うと、「うん、あれはいいな」と言ってくれる。どういうことを父に言えばほめてもらえるかということが、子どものときからバリアとしてあったように思います。それは、たぶん父の美意識を察していたということだと思います。

昔、『智恵子抄』を宇野重吉が朗読しているソノシートがありました。いまはもう、聴くことはできないのですが、なんとなく私の中では、宇野重吉がぼそぼそと語っている様子が、高村さんが直接、詩を詠んでいるような雰囲気として残っているように思います。その中で忘れられないのは「梅酒」という詩です。

死んだ智恵子が造っておいた瓶の梅酒は
十年の重みにどんより澱んで光を葆み、
いま琥珀の杯に凝って玉のようだ。

「雨にうたるるカテドラル」
高村光太郎がフランス留学中にノートルダム大聖堂を目にして詠んだ詩で、代表的な作品のひとつ。

宇野重吉
［一九一四〜一九八八］俳優、演出家。劇団民藝を創設し、戦前から戦後にかけて演劇界を牽引した。

父は高村さんの訳された『ロダンの言葉』という本を読んで彫刻家になろうと決心し、私が生まれたときに一面識もないのに高村さんをお訪ねして、「私は彫刻家になろうとしている者ですが、娘が生まれたので名前をつけてください」とお願いしたのだそうです。それって普通は考えられないことですよね。もちろんその頃は電話なんてないし、どこに住んでいらっしゃるかということは知っていたのだと思いますが、いきなり訪ねていった。そうしたら高村さんが「わかりました。考えておきますから、少ししたら来てください」と言われ、やがて戻ると、「私には女の名前は『ちえこ』しか思い浮かびません。ただ、字も同じにしてあのように苦しい人生になっては可哀想なので、字だけは変えました」とおっしゃったそうです。それを私は小さい頃から耳にタコができるほど聞かされて育ったわけです。

今回ここでお話をすることになり、いろいろと調べていてあらためて愕然としたのは、私が生まれた昭和十六（一九四一）年に『智恵子抄』が本として出版されているのです。智恵子さんが亡くなったのは、そのたった三年前なんです。三年前に亡くなった智恵子さんのご主人である高村さんのところに行って、「娘に名前をつけてください」と頼む方も頼む方だし、それを受けることもすごいことだと思いました。

三年しか経っていないということは、当然のごとく「智恵子」という名前しか思い

『ロダンの言葉』　「近代彫刻の父」オーギュスト・ロダンの言葉を高村光太郎が翻訳し、一九一六年に刊行された。芸術を志す若者に大きな影響をもたらした。

浮かばないですよね。そのとき、高村さんがどんな思いだっただろうかと思うと涙が止まらないような思いです。愛する者に死なれてから三年ぐらいは、まだまだ傷口から血が出ているような状態です。たとえば私の場合、前の夫が突然死したとき、子どもたちはまだ幼い頃でしたが、夫のセーターを着て一冬を過ごすというような状態でした。まだ三年しか経っていないときに、「女の子の名前を」と頼みにいったということに、なんとも言いようのない申し訳なさを覚えます。でもいまは、引き受けてくださったということは若い彫刻家の困難になるに違いない人生を励まそうとしてくださったのではなかったかと思っています。父にしても、これから彫刻家としてやっていこうという自分を鼓舞するために、どうしてもお願いしたかったのだと思います。

私は、とても生意気だったとは思うのですが、「名前を付けてもらったからって、そんなに意味なんてない」と一生懸命思おうとしていました。自分がそれに値する人間になれるかという不安と抵抗感と、すごくいろいろとややこしい気持ちを持っていたと思うのです。だから父に対して、『智恵子抄』ではなくて、「雨にうたるるカテドラル」がいい、と言ったのかもしれません。

芸術家同士の結婚

高村光太郎は彫刻家・高村光雲を父にもち、父の仕事を継いで彫刻家になり、若くして外国に留学します。しかしそこでの日々は本当に大変だったようです。「子どもが弱ければただの孝行息子になってしまい、子どもが強ければ、親を食う鈴虫になる。フランスなぞに自分をよこすべきではなかった」とどこか親のせいにしているところもあるのですが、ほとんど逆恨みのようです。でもそのなかから「雨にうたるるカテドラル」などの詩が生まれているわけです。

そして二十七歳で帰国して、鬱屈して吉原に入り浸っている時期があり、次の年、二十八歳のときに智恵子さんと出会いすべてが変わります。

智恵子さんは本当に優れた芸術家だったのだと思います。芸術家同士の激しい恋というか、心身ともに深いところで結びついて、お互いを必要とし、尊敬しあっている人たちと言えると思います。何よりふたりはものごとに対して素直だったと思うんです。高村さんは「一生を棒に振って人生に関与せよ」と言っています。これは、私が前からすごく好きだと思っている言葉ですが、社会的、経済的な栄達を棒に振ってでも、自分にとって大切なことに関われということを言っているんだと思います。お互

高村光雲
［一八五二〜一九三四］仏師、彫刻家。江戸時代の木彫技術を近代に伝えた。東京美術学校の教授を務める。代表作に「老猿」「西郷隆盛像」「山霊訶護」など。

いの作品を一日の終わりに見せ合って、安心していたようです。

それで思い出す私の両親のことがあります。私の妹はベルギー人と結婚して、いまはパリに住んでいるのですが、こんなメールをくれたことがありました。

お母さんが、わりに長いことブラッセルの家にいたことがありました。一九七八年頃でしょうか（父が六十五歳で母が六十二歳ぐらいの頃だと思います）。私たちのブラッセルの家で、夕食にお客さんをお呼びしていたときのことです。お母さんはとても美しい着物姿でした。歓談の際に、ブラッセルにお父さんから届いた手紙のことをとても嬉しそうに話していました。「主人からラブレターが届きましたの。」父からの手紙の内容はというと、「あなたがいつもそばにいて、作品についてコメントしてくれていた。それがいま、あなたがいないので、作品がいいのかどうか、自分にもわからない、そばにいてくれないとやはり寂しい」と書かれていました。そのときのお母さんの表情が忘れられません。

妹がそんな風に伝えてきました。「芸術家のふたりが、あの困難な時代に七人の子どもを抱えてよく生きてきたとつくづく感心します」と書いていたことを私も思い出しながら、今回の準備をしていたのですが、光太郎と智恵子さんも、一日の終わりに、その日の作品を見せ合っていたようです。

私の父は彫刻家でしたが、母は結婚する前にすでにかなり名前を知られている俳人でした。しかし結婚するにあたり、父が「文学だけはやめてくれ」と母に頼んだのだそうです。母は、どれだけの葛藤があったかと思いますが、文学をやめました。しかし、父が脳梗塞で倒れてから再び文学の世界に戻ったのです。昔の母を知っている人が俳句の雑誌に投書をして「坂井道子はどこへいったのか」と書き、問合せがあったのです。坂井というのは母の旧姓です。私たち子どもたちは、母が文学を志していたことは知っていましたが、「文学をやりたい」という思いを抱いていた程度かと思っていたので、文学誌で「坂井道子はどこへいったのか」と書かれるような存在であったことを知り、驚きました。そういう両親でした。

私が『智恵子抄』についてお話をしようと思う大きなきっかけになったのは、津村節子さんの『智恵子飛ぶ』という小説を読んだことでした。私はもともと吉村昭という小説家がとても好きでした。歴史小説を書いていらっしゃる方ですが、津村節子さ

母
舟越道子［一九一七～二〇一〇］一九三二年女子美術専門学校（現・女子美術大学）へ入学。一九三八年文化学院入学。一九四〇年土上賞受賞。同年結婚。五十年を経て句作を再開、一九九九年、句文集『青い湖』刊行。

津村節子
一九二八年生まれ。作家。『文学界』に掲載された「玩具」で芥川賞、『流星雨』で女流文学賞、「異郷」で川端康成文学賞受賞。

『智恵子飛ぶ』
津村節子著、講談社、一九九七年。芸術選奨文部大臣賞受賞。

吉村昭
［一九二七～二〇〇六］作家。『星への旅』で太宰治賞、『戦艦武蔵』『関東大震災』などで菊池寛賞受賞。記録文学や歴史文学で高い評価を受けた。主な作品は『破獄』（芸術選奨文部大臣賞）『天狗争乱』（大佛次郎賞）など。

んはその奥さまです。吉村さんが「結婚してくれ」と言ったとき、津村さんは「自分は小説家になりたいのだから絶対に嫌だ」と言ったのだそうです。そうしたら吉村さんが、自分自身、実家の衣類の問屋さんのお手伝いをしながら小説を書いているような状況なのに、津村さんのために結婚当初からお手伝いさんを頼んでくれたのだそうです。私はびっくりしました。私の父みたいに、泣いて「やめてくれ」と言う人もいれば、結婚したときから奥さんのためにお手伝いを頼んでくれる、そういう人もいるのかと思いました。

今日は『智恵子抄』のことだけを話すのではなく、私なりに考えるさまざまな夫婦の姿についてお話したいと思っています。

光太郎と智恵子の生活は本当に不安定だったようです。素敵なアトリエの写真が残っていますが、それは弟さんの所有になっていたようです。弟は高村豊周さんという鋳金家です。なんとなく私は、光太郎はお父さんの高村光雲が東京美術学校の校長で、上野の西郷隆盛の彫刻などもつくられた方なので、同じ彫刻家でもうちみたいに大変だったわけではないだろうと思っていましたが、光太郎自身は相当大変だったらしくて、四苦八苦して、ふたりで工夫しながら生活していたようです。

高村豊周
［一八九〇〜一九七二］鋳金家。高村光雲の三男、高村光太郎の弟。人間国宝、旭日章受章。

狂人になっても愛せるのか

智恵子さんが亡くなったのは私が生まれる三年前、つまり昭和十三年。智恵子さんが精神を病み始めたのは昭和六年。その年、一ヵ月間、光太郎が三陸に旅行しているんですね。その間に精神を病んだ。その頃は精神分裂病といっていましたが、発症のきっかけとなったのが光太郎の旅で、しかもなぜ三陸だったのかと思いました。私は何十年ぶりかで岩手に引っ越してきて、震災が起き、私にとっても「三陸」というのは特別な場所になっているわけですが、不思議な縁を感じます。

智恵子さんが狂ったときにどれほど大変だったかを私が最初に実感として知ったのは、光太郎の弟さんが書いたものを読んだときでした。光太郎が外から板を打ち付けて智恵子さんが外に出ないようにして出かけて行っても、帰ってくると、坂の上でほとんど裸の智恵子さんが「諸君！」と言って演説をぶっていたりしたそうです。

ふたりは、家族だけでの結婚式はしていましたが、入籍したのは智恵子さんが精神を病んでからのことで、光太郎は自分が亡くなったら彼女はどうなるかと思い籍を入れたようです。

私も七十歳を過ぎましたので、ずいぶんいろいろなことがわかるようになってきたのかもしれません。智恵子が精神を病んだのは、資質もあったかもしれませんが、二人の芸術家の緊張関係に因るのではないかという思いが、自分の両親のことも考えたりして、若い頃から私の中にありました。智恵子さんが狂っていく、病気になっていくことが、自分との生活で緊張を強いられたせいではないかということを、高村さんはどの程度わかっていたのだろうかと思ってきました。でも高村さんは、自分が大きな原因のひとつだということをよくわかっていたようです。それは本当に苦しいことだったろうと思います。いろいろと資料を読んでいくと、お医者さんは梅毒を疑ったりもしたようです。高村さんと智恵子さん、両方の検査をしたけれどもどちらも陰性だったということが書いてあります。

そして、智恵子さんが最初に運ばれた病院が、いまもある九段坂病院なんです。実は私の再婚した夫がこの四月に亡くなったのですが、その夫が二十年前に再生不良性貧血になったとき、連れていったのが、やはり九段坂病院でした。私の夫の場合は、そこで、「自分の体でつくっている血液はないと思います」と言われ、大量の輸血をしました。なんとその思い出の病院に、むかし智恵子さんが運ばれたということは、これもまた本当に不思議なことだと思いました。その病院は、とても古色蒼然としていました。

梅毒
性病のひとつ。十数年かけて徐々に進行し、全身の臓器、脳や脊髄も侵される。

九段坂病院
一九二六年設立の千代田区の病院。

私にははっきりと記憶がないのですが、光太郎と智恵子については、非常に興味本位に映画にされたり芝居にされたりしたこともあるらしいですね。私は、自分自身が若いときに『智恵子抄』を読んで、「自分の妻が狂人になってからも愛せるのか」ということをひそかに不思議に思っていました。想像がつかない、という風に思ったのです。ただ、どこか思いあたる体験があります。今年亡くなった夫は、脳溢血の後遺症でだんだん認知症状態になり、話ができないようになっていきました。でもほとんど最後まで、目と目で会話できているという実感が本当にあったのです。そのことを考えると、「狂人になってからも愛せるのか」という問いに対し、「やっぱり愛せるのだ」と思います。もちろん、高村さんの大変さとは比べるべくもないのですが。

ひとはいくつになっても恋をする

『智恵子飛ぶ』を書いた津村節子さんは、吉村昭さんが亡くなるまでの一部始終を『紅梅』という素晴らしい本に著しています。実はその本を読んで深く感動して、初めて『智恵子飛ぶ』を読む覚悟がついたのです。涙が止まりませんでした。これだけのこ

『紅梅』
津村節子著、文藝春秋、二〇一一年。菊池寛賞受賞。

とを抱えた高村さんが、字を変えたといえども「ちえこ」という名前を見も知らない人の子どもにつけたということをあまり感謝してこなかったのではないかと思い、本当に恥ずかしいし、不遜だったと思いました。「同じ名前だけど字を変えたのは、もったいなかったからなのよ、きっと」なんて友だちにうそぶいていたのは、自分がその名前に値しないということを知っていて、そこから逃げていたのだと思います。

『紅梅』にあったのですが、吉村昭さんが癌でだいぶ悪くなっておられたときに、病院で吉村さんがよく眠っているので、津村さんがそっと帰ったことがあったそうです。そうしたら吉村さんはその日の日記に、「自分が眠っている間に妻が帰ってしまった」と書いているのです。病院での時間は、夫婦二人にとって最後の限られた、本当に神聖な時間であったのだろうと思います。ものすごく貴重な時間だったのでしょう。

高村光太郎は智恵子さんに死なれ、やがて戦争でアトリエも焼けました。アトリエが焼けたということは、ご自分の作品も焼けてしまったということです。今日ここに持ってきた本はずいぶん前の展覧会のときの図録だと思うのですが、あまり見たことのない彫刻がたくさん出ています。光太郎作「智恵子の首」という作品などがあるのですが、ほとんど「消失」と書いてあります。家が焼けたことは知っていましたが、彫刻も焼けたということをあらためて知り、なんて無残なことだろうかと思いました。

戦争末期に高村さんは、宮沢賢治の弟さんを頼って岩手県の花巻に疎開しますが、そこも焼けてしまいます。そしてもう少し奥の太田村で、ひとり山小屋暮らしをし、終戦を迎えた後もしばらくそこで過ごします。それは彼にとって必要な時間だったのだろうと思います。智恵子さんとのことだけでなく、戦争に協力したと言われる詩を書いたことに対しての清めの時間でもあったのではないでしょうか。実際、智恵子さんが亡くなる前、病気になってからそのあとずっと、高村さんはほとんど彫刻の仕事はしていなかったと思います。花巻の奥地の、三畳ぐらいしかない、まるで鉱山の飯場のような、これ以上はないというほど本当に粗末な、ネズミはもちろん蛇も出るような山小屋で、ひとりで仕事をしているとき、再び智恵子さんと一緒に貴重な時間を過ごしていたのではないかと思います。あるいは智恵子さんが光太郎に寄り添っていたと。ほかの人にはわからない、二人だけの時間だったと。

その頃、「十和田湖畔に彫刻をつくりませんか」という話があって、一九五三年に有名な二体の裸婦像「乙女の像」が完成します。私はあの頃、世の中の人が「あれは智恵子さんだ」と言うのを聞いて、自分の奥さんの裸婦像をつくることが恥ずかしいような気がしていました。若いときには、恋というものが若者のものだと思っていた

宮沢賢治の弟
宮澤清六［一九〇四〜二〇〇一］賢治の八歳下の弟。賢治から原稿を託され、全集の刊行を実現。遺稿の保存や整理に尽力し、あらゆる版の全集の編纂校訂に携わった。

太田村
岩手県稗貫郡にあった村。一九四五年から一九五二年にかけて高村光太郎が独居自炊の生活を行った。一九五四年に合併し、花巻市に。

「乙女の像」

十和田湖畔の御前ケ浜に建てられた高村光太郎の彫刻作品。十和田湖のシンボルとなっている。

のですね。でも、いまはそうは思いません。太田村の小屋での生活を通して、高村さんは智恵子さんと二人の、本当に濃密な、静かで、誰にも邪魔されない時間を過ごし、最後にその彫刻をつくろうとしたのではないかと思います。ひとつの型を向い合せてつくっているのです。同じ像だと思うのですが、いま考えると、十和田湖畔に裸婦がひとりで立っているより、二人が向かい合って立っている方がずっといいと思います。あれが智恵子さんだったとして、ひとりだったら寂しくてたまらないじゃないですか。私は、十和田湖畔の彫刻によって、『智恵子抄』が完結したのではないかと思います。生きている智恵子さんの姿をああいうかたちで残せたことで、安心したのではないかと思えるのです。最後の最後まで、高村さんは智恵子さんを恋していたと思います。もちろん、私の想像でしかありませんが。

あの作品を高村さんが制作しているとき、私の父は心配そうに「高村さんは大きい作品をつくったことがなかったんじゃないか」と言っていました。彫刻は粘土を使うわけですから、大きな作品をつくるにはものすごく体力がいるのですよね。父はおそらく手伝いに行きたいぐらいの思いがあったのではないかと思います。

私たちが盛岡にいた頃、高村さんは花巻にいらして、盛岡に講演会などで出ていらっしゃることがありました。そのときに父は私を連れて盛岡駅に見送りに行ったことが何度かあったようです。私は親に聞かされて、覚えている気になっているのか、あるいは本当に覚えているのかわからないのですが、小学校二、三年だったでしょうか、そういうとき、父が「これがいつか名前をつけていただいた千枝子です」と申し上げると、高村さんは私の頭を撫でて、普通だったら「元気でね」とかいうところを、「おじさんのことを覚えていてくださいね」と何回も言ったそうです。それは何か、ものすごく大きなことではなかったかと、いまやっと思えるようになりました。

高村さんが亡くなったのは、一九五六年四月二日、東京に大雪が降った日でした。私は栃木県の矢板へ母の友だちの家に泊りがけで遊びに行っていたのですが、高村さんが亡くなりお葬式に行くから帰ってくるようにと呼び戻されて、父と一緒に青山斎場に行きました。私は高校生になっていたのですが、屏風の前に置かれた白木の棺の上に高村さんの写真とガラスのコップにレンギョウの花がさしてあるだけの祭壇でした。とても美しいと思いました。高村さんが亡くなったとき、東京はレンギョウが花ざかりで、アトリエにもレンギョウの花が咲いていて、高村さんの命日は「連翹忌《れんぎょうき》」と呼ばれています。

私の父が「高村光太郎賞」をいただいたことがありました。その受賞の知らせも大学生のとき、旅先で受け取りました。春休みで旅行していたユースホステルに母から

高村光太郎賞
一九五七年『高村光太郎全集』の印税をもとに設立。詩部門と造型部門があった。一九六七年第十回で終了。

電話がかかってきて、「お父さんが高村光太郎賞をいただくことになったから、授賞式に間に合うように帰ってくるように」と言われました。授賞式の日は雪ではありませんでしたが、大嵐でした。高村さんのお友だちの方たちが「高村さんの何かがあるときは、必ず大嵐なんだよね」と嬉しそうに話していたのを覚えています。

一生を棒に振って人生に関与せよ

ご存じない方もいらっしゃると思うので、『智恵子の紙絵』の本をお持ちしました。智恵子さんは精神を病んでから、本当に素晴らしい紙絵を残しています。手仕事がそういう病気にはいいと高村さんが聞いたということがあると思いますが、最初は鶴を折ったりしていただけだったようですが、そのうちにマニキュア用の小さな鋏を使って素晴らしく美しい紙絵の作品をつくったのです。かつて油絵の具で、どうしても満足のいく表現ができず、泣いて死を思うほど思い詰めたのだけれど、ここに至って、やっと他の誰にも真似のできない自分の世界を見いだしたのではないかと思います。しかも、それは世界に誇れるほど素晴らしい。彼女が亡くなった後に、千何百枚も残っていたそうです。その表現の自由で素晴らしいこと。実に美しいと思います。

『智恵子の紙絵』
高村智恵子著、社会思想社、一九六五年。光太郎の弟、周豊が編集を手がけた智恵子の紙絵作品集。紙絵の作品に光太郎の詩が添えられている。

つくった紙絵は押入れにしまってあって、ご主人の高村さんだけにお見せになって、「いいね」と言われると本当に嬉しそうにしていたということですが、智恵子さんは素晴らしい才能の持ち主だったのだと思います。しかし、人生の無残と言いますか、気が狂ってからしかこういうものが出てこなかったというのは、どういうことだろうか、と人間の不思議を思います。いえ、天才の不思議を思います。これは日本が誇る美術作品だと私は思うんです。

紙絵だけでなく、元気なときの智恵子さんの文章は素晴らしいものがあります。智恵子さんが雑誌に寄せた「棄権」という文章があります。

「棄権」一九二四年、雑誌『女性』に掲載。

（もし女性に参政権があったら）リンカーンのような政治家を選びましょう。日本にだって一人ぐらい、正しい事のために利害なんかを度外に置いて、大地にしっかりと誠実な根をもちまっすぐに光に向って、その力一ぱいの生活をする喬木のような政治家があってもいいだろうと思います。そういう政治家なら有頂天になって投票することでしょうとおもいます。しかしうまくその時までに、私たちがほんとに尊敬し信ずることの出来る政治家が出てくれなければ、棄権するほかないかとおもわれます。情実や術数の巣のような政党なんかてんでだめですね。

まるでいまの日本にも言えると思いますね。

アメリカに、モーリス・センダックなどを見出し、たくさんの傑作絵本を出したアーシュラ・ノードストロムという編集者がいます。その人の手紙が本になっているのですが、その中にノードストロムが大切にしていた言葉として、アメリカのモダンダンスの神様といわれるマーサ・グレアムの言葉が書かれています。

アーシュラ・ノードストロム
[一九一〇〜一九八八]『伝説の編集者ノードストロムの手紙――アメリカ児童書の裏舞台』(偕成社)には、彼女の残した手紙のうち二六三通が収められている。

マーサ・グレアム
[一八九四〜一九九一]アメリカの舞踏家、振り付け師。モダンダンスの開拓者のひとり。

あなたを通してのみ表現される、力強い生命力、機敏さ、というようなものがあります。なぜなら、あなたという人はこの世にひとりしかいなくて、その表現はふたつとないからです。そしてもし、あなたがそれを表現しないで蓋をしてしまったら永遠に失われてしまうのです。それがどの程度よいものか、どの程度価値があるのか、他の人の表現と比べてどうかということは、あなたが考えるべきことではありません。あなたがすべきことは、自分をかけがえのないものとして大切にし、はっきりと、そして素直な態度で守り、常に風通しよくしておくことです。

智恵子さんの切り絵を見て、この言葉を思い出しました。

フランスのジャック・マリタンという哲学者が『芸術家の責任』という本を書いているのですが、そこにほとんど同じ一節があります。

芸術家たるものは、己の天よりの任務をないがしろにしてはならない。創造の世界に入ってくるものは、芸術の技をしっかりとわが物としなくてはならない。そして仕事にあたっては心を占める天上地上の富の重さにかき乱されることなく、作品の善を目指していかなければならないのである。

高村光太郎さんもほとんど同じようなことを書いています。それがさっき申しあげた「一生を棒に振って人生に関与せよ」という言葉です。みんながそういうところに思いを致しているのかなと思います。

いまご紹介したジャック・マリタンというフランスの哲学者は、二〇世紀のカトリックを代表する哲学者なのですが、十七歳のときにソルボンヌに入学して奥さんのライサという人と出会います。そのとき、ふたりはともに人生に絶望していて、一年経ってもまだこの絶望が変わらなかったらふたりで自殺しようと約束するのです。ところが、その一年の間に、ベルクソンという素晴らしい哲学者に会い影響されて、ふ

ジャック・マリタン
［一八八二～一九七三］フランスの哲学者。法律や教育や芸術など多分野にわたる著書を残し、カトリックの知識人に影響を与えた。世界人権宣言の起草にも携わる。

『芸術家の責任』
ジャック・マリタン著、浜田ひろ子訳、九州大学出版会、一九八四年。

ソルボンヌ
パリ大学の通称。

ライサ・マリタン
［一八八三～一九六〇］ロシアのユダヤ人迫害を逃れ、フランスに移住した詩人、哲学者。著書に『あるカトリック女性思想家の回想録――大いなる友情』などがある。

アンリ・ベルクソン
［一八五九～一九四一］フランスの哲学者。『物質と記憶』『笑い』『創造的進化』ほか著書多数。ベルクソンの哲学は、後世の哲学者や作家など、幅広く影響を与えた。

たりで洗礼を受けて結婚するのです。二人が出会った頃の写真が残っているのですが、十七歳って少年ですよね。小公子のように美しいのです。

その後、二人は哲学者、神学者として活躍しますが、ライサは七十五歳を過ぎて亡くなり、その後ジャック・マリタンはライサに関する思い出の品だけを持って修道院に入ります。そして修道院の庭で、毎朝お花を摘んできてはライサの写真にお花を活けていたということが書いてありました。ジャックは九十歳で亡くなるのですが、その直前パリに出て、何かの本のために写真を撮ることになりました。「どこで写しましょうか」と訊かれたジャックは、十七歳のときライサに出会った「パリの植物園で」と言ったのだそうです。いつ死んでもおかしくないとお医者さんが言っているような状況だったので、若い修道士が一緒の部屋に寝ていたそうですが、朝起きるとジャック・マリタンが「今日じゃなかったようだね」と言ったそうです。

それはよくわかる気がします。四月に亡くなった夫がそうでした。いつ亡くなってもおかしくない状態でしたが、アメリカにいる彼の娘が転がり込むように飛び込んで来て、私が「暁さん、ハナちゃんよ」と言うと、本当に嬉しそうな顔をして、その後、安心したのか、急に意識が遠のいていきました。そのとき「あっ、この人、天国に着いたな」と思ったのです。夫はその二日後に息を引き取りました。

お医者さんがジャック・マリタンのことを「あの人は、死ぬことをどうやら隣の部屋に行くことぐらいにしか思っていないようだ」と言っていたという記述があります。九十歳過ぎてから、「もうずいぶん長い間ライサに会っていないんだよね」と言っていたそうです。

高村さんも太田村にいたとき、「もうずいぶん長い間、智恵子に会っていない」と思っていたのではないでしょうか。だからこそ、ああいう彫刻をつくったのではないかしら。

高村さんが「おじさんを覚えていてくださいね」と何回も言っていたということをいま改めて思い、やっと、「はい、とても大切に思っています」と申し上げられることがとても嬉しいですし、ありがたいと思っています。そしてこういうお話をする機会を与えていただいたことに感謝しています。

たまごのサンドウィッチ

詩「レモン哀歌」からインスピレーションを得てつくったサンドウィッチ。智恵子ががりりと噛んだ「レモン」と「トパアズ色の香気」が感じられるようなサンドウィッチを考えていたら、たまごの黄身とレモンの黄色が重なりました。削ったレモンの皮で、とびちるような香りを添えて。

［材料 2人分］
食パン8枚切り2枚、たまご4個、セロリ½本、レモン（無農薬・皮も食べられるもの）⅛個、マヨネーズ大さじ1、黒胡椒、レモンオリーブオイル、EXVオリーブオイル、塩、各適宜

［作り方］
①5分半を目安にたまごを茹でる。
②粗みじんにしたセロリを香ばしい香りがするまで炒め、塩をひと振りする。
③粗熱をとり、1時間くらい冷蔵庫で冷ましたたまごをヘラで切りながら混ぜる。大方混ざったら、②を合わせて混ぜる。
④たまごが細かくなってきたら塩、マヨネーズをいれて黒胡椒をひく。
⑤食パンにレモンオリーブオイル（なければ普通のオリーブオイル）を塗り、④を挟み、削ったレモンの皮をふりかける。
⑥温めた包丁でパンを4等分に切る。

『キュリー夫人伝』を読む

エーヴ・キュリー 著

中村桂子
生命誌研究者

『キュリー夫人伝』

ラジウムを発見し、科学部門では女性初のノーベル賞を受賞、そして史上初、二度のノーベル賞に輝いたキュリー夫人の評伝は、子ども向けの伝記やマンガをはじめ、数多く出版されている。なかでも、キュリー夫人の次女エーヴが一九三八年に発表した『キュリー夫人伝』は、世界中で翻訳、出版された。日本でも同年に翻訳が出され、今日まで多くの読者に読みつがれるロングセラーとなっている。本書のなかには、マリー自身の日記や、家族・友人・夫ピエールとの書簡なども豊富に引用されており、ポーランドでの少女時代、フランスでの学生生活やピエールとの出会い、育児と研究の両立に奮闘する日々、放射能の発見から晩年までが詳細に描かれている。

◎セミナーでの使用テキスト
『キュリー夫人伝』エーヴ・キュリー著、河野万里子訳、白水社刊

マリー・キュリー

一八六七年ポーランド（当時ロシア領）のワルシャワに生まれる。物理学者・化学者。フランス人科学者ピエール・キュリーと結婚し、放射能の研究で一九〇三年に夫とともにノーベル物理学賞を受賞。一九一一年ノーベル化学賞を受賞。一九三四年再生不良性貧血で死去。

photo: Valentine

エーヴ・キュリー

一九〇四年フランスのパリに生まれる。マリー・キュリーの次女。芸術家・作家。マリーの死後『キュリー夫人伝』を出版。第二次世界大戦中、自由フランスの活動に加わりアメリカに移住。ＮＡＴＯで活動。夫はユニセフ事務局長でノーベル平和賞を受賞。二〇〇七年に一〇二歳で死去。

中村桂子

一九三六年東京生まれ。生命誌研究者。国立予防衛生研究所、三菱化成生命研究所、早稲田大学人間科学部教授を経て、一九九三年より生命誌研究館（現ＪＴ生命誌研究館）副館長。大阪大学連携大学院教授。二〇〇二年ＪＴ生命誌研究館館長に就任し現在に至る。著書に『あなたのなかのＤＮＡ』『生きもの感覚で生きる』など。二〇一三年アカデミア賞（全国日本学士会主催）受賞。

その人は女だった。他国の支配を受ける国に生まれた。
貧しかった。美しかった。

――『キュリー夫人伝』より

科学者マリー・キュリー

キュリー夫人は女性科学者の中でもっともよく知られており、科学の世界に入る女性にとっての憧れの人です。科学者になる女性は長い間、特別視されてきたように思います。いまは女性科学者も増えてきましたし、優秀な人がたくさんいますが、それでもまだあまり認知されていません。「キュリー夫人」という名前を聞いたことがない方はおそらくいらっしゃらないと思いますので、キュリー夫人を通して女性科学者の姿を知っていただきたいと思います。

キュリー夫人はノーベル賞を二度受賞なさいました。最初の受賞は一九〇三年の物理学賞です。ノーベル賞は一九〇一年に始まりましたから、三回目、つまり本当に初めの頃の受賞です。「アンリ・ベクレル博士の発見した放射現象の共同研究」として夫ピエールと三人での受賞です。実はマリーは一九一一年に単独で化学賞を受賞します。物理学と化学という二つの科学分野での受賞は、男性でもいません。二度目は、ラジウムの発見での受賞でした。ラジウムといえば放射能。いま大変問題になっていますが、この性質を解明したのがマリーです。彼女が最後に残した本のタイトルが『放射能』です。

エーヴ・キュリーはこう書いています。

その題名は、きびしくも光り輝く、次のただ一語だった。「放射能」

このラジウムの発見は科学の歴史のなかでもとても大きなことの一つです。科学はヨーロッパで始まりました。「神さまがおつくりになった、決まりきった世界のなかで、私たちも決まりきったかたちで生きていく」というのがヨーロッパの人たちの基本的な世界観でした。いま私たちは、地球は太陽のまわりを回り、宇宙だって動いていることを知っています。一三八億年前に、なにもないところから宇宙が始まって、いま

ラジウム
一八九八年、ウランから抽出して分別結晶することにより、ピエール・キュリーとマリ・キュリー夫妻によって発見された元素。

放射能
あらゆる物質は原子から構成され、原子は原子核からなる。原子核の種類によっては放射線を出しながら崩壊し、他の種に変化することがあり、放射能とは、放射線を放出して崩壊する性質のことを指す。

も宇宙は膨張し続けている。宇宙は決まりきったものではないということは、いまなら私たちも知っています。

しかし当時は「宇宙は動かない」と信じられていました。宇宙は動かないのですからその中にある物質だって変わらないのが当然です。ところがラジウムのように放射能をもっている物質は自ら光を発する、つまり放射線を出すことによって変わっていくのです。キュリー夫人は、そういうことがあり得るという事実を証明しました。ですからキュリー夫人のお仕事は、新しい元素の発見ということにとどまらず、私たちのものの考え方にとても大きな影響を与えたのです。素晴らしい仕事をした女性、もしくは女性科学者としてキュリー夫人を評価することも大事ですけれど、その研究は、男女を越えて図抜けているのです。

科学者が人間であること

キュリー夫人は、放射線を出すラジウムやポロニウムを発見しました。いま、福島の原子力発電所の事故で放射能が問題になっていますが、鉱物から出てくる放射線が、私たち生き物にどういう影響を与えるか、キュリー夫人の頃にはよくわかっていませ

ポロニウム
一八九八年、ピエールとマリーがウラン鉱石から発見した元素。ウランの百億倍もの強さの放射能をもつ。命名の由来はマリーの祖国であるポーランドのラテン語表記「Polonia」。

福島の原子力発電所の事故
二〇一一年三月十一日に発生した東日本大震災の影響で、福島第一原子力発電所で発生した原子力事故。全電源喪失状態に陥た原子炉で炉心溶融が起こり、約十二万人が避難を余儀なくされた。

んでした。その後研究が進み、ＤＮＡに損傷をおこすことなどが明らかになりましたが、すべてが解明されたわけではありません。二〇一一年三月の東日本大震災では地震と津波が大きな被害をもたらしましたが、もし原発事故がなければ、復興はもっと早かったでしょう。しかし、放射能の問題があるためにいまだ先行きが見えません。

科学技術者は、自然の大きな力を征服してでも開発を進めようとします。そして、原発事故も想定外と言ってしまったのです。しかし、ここで自然の大きさを見せつけられたことを心に刻まなければなりません。いまの時代を生きる私たちにとって、非常に考えさせられる問題です。放射能という本当に難しい問題が提示されたわけです。

原発事故について、専門家たちが語ることを聞いて、多くの人が感じたのが、「科学者は信用できない」ということでした。私も科学の世界にいる人間として身の細る思いでした。それぞれ科学者としては一生懸命対応したとは思いますが、人間として、信用できない存在になっていました。科学者は専門家であればいいのではなく、人間として信頼できる人でなければいけないのです。でも科学者は、社会からそのように思われていませんし科学者自身もその認識がありません。それがあの事故で明らかになったのだと思います。いまの大きなテーマは、科学者が人間として生きなくてはいけないということです。いくら専門的な知識があっても、人間としてきちんと生きていない人を科学者と呼んではいけないのではないかとさえ思います。ですから、『キュリー夫人』を読むとき、科学の業績の素晴らしさと同時に、「人間として」のキュリー夫人の魅力を見ていきたいと思います。

キュリー夫人の原点

エーヴ・キュリーの書いた『キュリー夫人伝』の「はじめに」がそのすべてを物語っています。「その人は女だった。他国の支配を受ける国に生まれた。貧しかった。美しかった」という最初の言葉。当時ポーランドはロシアに支配されていました。ポーランド語を使った教育をしてはいけなかったのです。母国語は大事なものですから、それを使ってはいけないと言われるのはとても辛いことだと思います。ここにキュリー夫人の原点があります。そして、エーヴがなぜこれを書いたかが記されています。

母の人生のドラマなどは、つかのまのうつろいやすいものでしかないだろう。そうではなくて、その底にあった人間としての不変性を、見つめていただけたなら。

ポーランド
中央ヨーロッパの共和制国家。十八世紀にロシア帝国、プロイセン王国、オーストリア帝国によって分割され、国家が消滅。第一次大戦後に独立するまで、ポーランドの人びとは他国の支配を受け、政治的にも差別されていた。

私はさきほど「人間」が大事と申しましたが、エーヴもそのように言っています。エーヴが知っているお母さんは、たゆまぬ努力をする人、すさまじいまでの知性をもっている人、そして、「すべてを与え、なにも取らず、受けとりすらしない献身を。どれほどすばらしい成功も、また逆境も、変えることのできなかったひじょうに純粋な魂」という表現がぴったりの人です。これがエーヴの言うキュリー夫人の特徴なのですが、他の人が見てもその通りだったのだと思います。

アインシュタインはこう言っています。

キュリー夫人は、あらゆる著名人のなかで、名誉によって損なわれることのなかったただひとりの人である。

これも、キュリー夫人をよく表しています。私のような凡人が見ますと、もう少し自分に甘くしてもよかったのではないかと思えます。本当に厳しい人です。

マリーは、一八六七年にポーランドのワルシャワで生まれます。お父さまが数学と物理の教授で、お母さまも女学校の校長先生をしておられた。とても知的な家庭で育っ

アインシュタイン
［一八七九～一九五五］ドイツ生まれのユダヤ人で、理論物理学者。相対性理論をはじめ数々の偉大な業績を残し、現代物理学の父と呼ばれる。一九二一年ノーベル物理学賞を受賞。

ています。そしてとても賢かった。彼女は自ら進んで勉強しますが、なかでもお父さまの専門である物理学にとても興味がありました。お父さまの使っている物理実験器具や、ガラス瓶などが身近にあるなかで子ども時代を過ごします。

当時、ワルシャワは大変厳しい状況下にあって思い通りの勉強はできませんでした。しかもお父さまが反ロシア的な発言をして職を奪われました。そんななか、彼女は「移動大学」というポーランド語を使ってひっそりと勉強するグループをつくります。抑制された状況で隠れるようにして勉強したがゆえに、それはより心に深く刻み込まれ、このときの体験が彼女の基本をつくったと思います。彼女が当時のことを書いた文章があります。

社会に目をむけた知的な仲間と学ぶあの楽しい雰囲気は、今もあざやかに心に残っている。活動の手段は不十分だったし、結果もたいしたものではなかっただろう。それでも、あのころ私たちを導いていた考えは、社会をほんとうに進歩させる唯一《ゆいいつ》のものだったと、私は信じつづけている。

私たちはいま、恵まれた条件のもとに勉強できる状況にありますが、もしかしたら

移動大学
ロシア帝国の支配下にあったポーランドの祖国復興を目指す若者たちが自発的に始めた学びの場。監視の目を盗みながら、ときに教師となり、ときに学生となって互いの知性を鍛錬していた。

このような厳しい条件のなかで勉強することが、ある意味とても大切なことを教えてくれるのかもしれません。それが人間をつくることもあると思うのです。支配されるのがいいとか、貧しいのがいいとか言うつもりはまったくありませんが、こういう境遇もただマイナスなだけではないと思います。

お姉さんが医学を勉強したくてパリへ行くことになり、マリーはお姉さんを応援しようとポーランドで一生懸命家庭教師をしながらお金を稼ぎ、そのお金をお姉さんに送ります。その後お父さまが感化院の先生になることができて、収入があるようになり、お姉さんへの資金援助はしなくてもよくなります。マリーは自分のためにお金を貯めることができるようになったのです。そして、勉強するためにパリへ行きます。一八九一年のことです。家庭教師をしてお金を貯め、お姉さんに続いてパリへ行き、物理学と数学を学びます。やはりお父さまの影響なのでしょう。学ぶこと、そして科学が本当に好きだったのですね。

マリーはパリでソルボンヌに入ります。しかしとにかく貧しい。お金がないのでお姉さんのところで一緒に暮らし下宿代を節約しようとします。お姉さんのご主人はお医者さまでした。一緒に住むと少しは社交もしなくてはなりません。劇を見にいきましょうとか、パーティへ行きましょうと誘われる。でもマリーはその暇が惜しくてし

ソルボンヌ
一八一ページ参照

かたありません。そこで、経済的には大変だけれどお姉さんの家を出ます。一八九二年にはカルチエラタンに一人で下宿をして勉強ひとすじになります。でも、食事もろくにしないで勉強するので、いろいろなところで倒れてしまう。お姉さんが心配して家に連れてきて食事させるのですが、この頃は本当に厳しい勉強をしています。賢い上に努力家だから当然かもしれませんが、並みいる男性を尻目に常に一番で合格します。一八九三年には物理学の学資試験に一番で合格。一八九四年には数学の試験を受けて、こちらは二番でしたが、二番でもすごいですよね。

先生方もマリーの能力を認めて、研究しなさいと勧めてくださいます。しかし、研究する場所がありません。いまのように大学の研究室があって、「さあ大学院に入学したからここで研究しなさい」というのとは違うのです。でも彼女はとても優秀だったので、先生が場所を探してくださって、「ピエール・キュリーという学者が研究している場所の一部を使いなさい」と言ってもらえました。ここでピエール・キュリーに出会うわけです。

一八九五年、結婚したマリーとピエールは一緒に研究を始め、ノーベル賞につながる生活がいよいよ始まります。

ピエールも学者を絵に描いたような人でした。学問だけが大事と言ってもよい二人

カルチエラタン
パリの地名。セーヌ川の左岸、五区と六区にまたがる地区のこと。ソルボンヌをはじめ、高等教育機関が集中している。

ピエール・キュリー
[一八五九〜一九〇六] フランスの物理学者。若くして数学や幾何学に才能を発揮し、十六歳でソルボンヌに入学、十八歳で学士号を取得。結晶学問、圧電効果、放射能といった分野で功績をあげた。

が結婚し、お嬢さんが二人生まれ、マリーは女性として家庭をつくっていくわけです。お料理も一生懸命やります。でも基本にあるのはやはり学問への情熱でした。

放射能の発見

マリーが活躍した十九世紀末から二十世紀の初めは、物理学でたくさんの発見がある時期なのです。ヴィルヘルム・レントゲンが一八九五年にX線を発見しています。ノーベル賞の最初の受賞者はこのレントゲンです。一八九六年にアンリ・ベクレルが放射線を発見します。

アンリ・ベクレルは、鉱石を引き出しのなかに入れ、まったく光があたらない状況で乾パンと一緒に置いておいたら、それが感光している。「なにが出ているのだろう?」それが放射線だったのです。その時点では放射能を出す鉱物が何だったのかわかっていません。実はウランだったのですが、ベクレルはその現象を発見はしましたが、具体的な物質のことは放っておきました。マリーはそれを知り、博士論文のテーマとして「放射能の研究をやりたい」とピエール・キュリーに話します。とても難しいテーマに挑みたいと思ったのです。

ヴィルヘルム・レントゲン
［一八四五〜一九二三］ドイツの物理学者。一八九五年X線を発見。透過性の高いX線の発見は医学に応用され、一九〇一年に第一回ノーベル物理学賞を受賞。

アンリ・ベクレル
［一八五二〜一九〇八］フランスの物理学者・化学者。ウランが放射線を発することを発見した。放射能の単位ベクレルは彼の名前にちなんだもの。

ウラン
一七八一年に発見された、地球上に天然で存在するもっとも原子量の大きな元素。核分裂させてエネルギーを抽出すれば、核兵器にも使用可能な核燃料として知られる。

彼女は、出てくる放射線の量と、含まれているウランの量が比例することを証明しました。ウランの量が増えれば増えるほど、出てくる放射線の量も増える。そういう実験によって、ウランが放射能を出していることを証明したのです。ところが、鉱石からウランを抽出し、ほとんどウランが残っていないようにした鉱石からも強い放射能が出ているのです。そこで、ウランよりもはるかに強い放射線を出す物質があると考えます。マリーはそのときのことをお姉さんに話しています。

ねえ、わたしが研究している放射線は、まだだれにも知られていない元素から出ているのよ。たしかに元素はそこにある。あとは発見するだけ！　わたしたちには、自信があるの。このことをお話しした先生方は、実験ミスだとお思いになって、慎重《しんちょう》になっておっしゃるばかり。でもまちがいではないって、確信があるわ！

彼女は自信をもって仕事を始めます。ウランに比べて千分の一しかないのに、強い放射線を出す。それをどんどん濃縮していきます。放射能をもつ成分を抽出し、また抽出して……と六千回もやるのです。グリア・ガースンがキュリー夫人を演じた「キュリー夫人」という映画をご存知ですか。お皿で濃縮していくのですが、それが六千枚

映画「キュリー夫人」
『キュリー夫人伝』をもとに製作、一九四三年に公開されたアメリカ映画。マーヴィン・ルロイ監督、グリア・ガースン主演。

ダーッと並んでいる場面、あれは壮観でしたね。彼女はこう書いています。

人生は、だれにとってもやさしいものではないわね。でもたいせつなのは、忍耐力と、なにより自信を持つこと。人はみな、なんらかの天分に恵まれているもの。そしてその天分は、どんなことがあっても花開かせるべきもの。そう信じなくてはなりません。

マリーは、自分の天分は科学に向かう忍耐力であり、自信であると思って実験を続けたわけです。そして、彼女のこの言葉は私たちにも向けられているのです。「誰にだって天分があるのよ。だから、あなたたちもやりなさい」と。なかなか難しいですけれど。

それにしても彼女の努力はすごいです。ピッチブレンドという、何トンという重さの鉱石を運んできて倉庫のようなところで抽出していくわけですが、これは特に女性にとっては大変なことです。四年間の血の出るような忍耐の結果、ラジウムを発見します。この研究も含め、まず最初に述べたように放射能の共同研究者として一九〇三年にノーベル物理学賞を受賞します。

ピッチブレンド
塊状の閃ウラン鉱。一七八九年ドイツのマルティン・ハインリヒ・クラプロートがピッチブレンドから酸化ウランを精製し、新しい元素であると結論した。

夫ピエールの死

最初のノーベル賞受賞の三年後、一九〇六年の四月に交通事故でピエールが亡くなってしまいます。馬車に轢かれるのです。おそらくピエールは考えごとをして歩いていたのでしょう。突然出合った馬が驚いて立ち上がった。そして、馬がひく大きな馬車に轢かれてしまいます。即死だったようです。

マリーはピエールのことを学者として心から尊敬していましたし、助けてもらっていました。このふたりだったからこそ大きな仕事ができたのだと思います。そのピエールが、事故である日突然亡くなるというのがどれだけ酷いことか。想像に難くありません。マリーは以前、「あなたがいなくなったら私は仕事なんて続けられないわ」と休暇先でピエールにふともらしたことがありました。そのときピエールは「科学というのはそういうものじゃない。なにがあってもやめてはいけない」とはっきり言ったのです。マリーは本当に落ち込んで、なにもやりたくないと思うのですが、ピエールのその言葉を思い出して、もう一度科学をやろうと決心します。

それまでのマリーは、女性であるために学会などでも差別を受け、大学の先生になることもできませんでした。ところが、ピエールが亡くなったあとの教授職を誰が継ぐかということになり、さすがに他の人を連れてくることはできなかったのですね。一九〇八年、マリーは夫の後任としてソルボンヌの教授になります。マリーの初めての講義の日、ラジウムのこと、ノーベル賞のこと、ピエールの事故のことなど、みんなが知っているわけですから、学生だけでなくいろいろな人がこの講義を聴きにきました。物見高い人たちもやってくる、ある種、ショーのようなところがありました。そこでマリーがどんな講義をするか、みんなが期待したわけです。思い出話をするだろうか、ソルボンヌの教授になった初めての女性としてなにを話すだろうか……。マリーは、こんな言葉で講義を始めます。

この十年のあいだに成しとげられた物理学の進歩について、考えてみますと、電気と物質に関する概念《がいねん》の変化には、驚かされます……。

これはピエール・キュリーが最後の講義で語った言葉なのです。マリーはまさにその言葉で講義を始めたのです。感情的なことはなにも入れず、ピエールが言った最後の言葉をもって、彼女はソルボンヌの教授としての初めての授業をしました。

放射能についての講義もしました。ラジウムが光る、たしかに放射能を出しているということはわかったのですが、ものとして見えるほどは採れませんでした。ラジウムという元素を知りたい。そこで、一人で頑張って抽出します。一九一〇年には純粋な金属ラジウムの単離に成功し、今度はノーベル化学賞を受けます。

ピエールの死後、マリーは「年金を出しましょう」と言われます。自分のお給料で子どもたちを育てるのに大変な思いをしましたのに、彼女は拒否します。私など、「もう少し楽をしてもいいいじゃない」と思いますけれど、本当に自分に厳しい人です。

一九二〇年、アメリカでキュリー財団が設立されます。そこには一つの物語があります。女性が新しい発見をしたということで、アメリカでもとても関心がもたれ、メロニー夫人という非常に有名なジャーナリストがマリーを訪ねてきます。メロニー夫人がマリーと会ったときの印象です。

色が白くおずおずして、見たこともないほど悲しい顔をしている。身にまとっているのは、黒く長い綿のワンピース。忍耐強さとやさしさが表れたみごとな顔には、研究に打ちこんでいる人独特の、超然《ちょうぜん》として心ここにあらずといった表情がただよっている。不意に私は、自分が招かれざる客のような気分になった。

キュリー財団
一九二〇年設立。ヨーロッパ各地に銀行を持つ大財閥、ロスチャイルド家の出資によって設立され、マリーの放射線治療の研究を支援した。

メロニー夫人
［一八七八～一九四三］マリー・マッティングリー・メロニー。ジャーナリスト。わずか十五歳でワシントン・ポスト紙で仕事を始め、女性誌の編集などで活躍。

この印象は、実際その通りだったのだと思います。マリーはメロニー夫人のインタビューで、ラジウムの研究をしたいけれど、お金がなくて高価なラジウムが買えず、実験ができないと話しています。「科学者は特許を取ってはいけない」と言ってマリーはラジウムについて特許を取りませんでした。アメリカ人にとっては信じられないことでした。自分が発見したものなのに、お金がなくて一グラムも買えない。アメリカにはラジウムをいっぱい持っている人がいるわけです。そこでメロニー夫人は、一グラムのラジウムを買ってマリーに送るために「マリー・キュリー・ラジウム基金」を立ち上げ、資金を集めたのです。

このような苦労をして集めた資金で、マリーは研究所で若い人たちを育てます。その中に長女のイレーヌがいました。彼女も夫とともに人工放射能の研究でノーベル賞を受賞します。マリーは一九三四年、イレーヌがのちにノーベル賞をもらうことは知らずに亡くなります。最期のときも、周りの人に騒がれないよう、静かに、静かに亡くなっていきます。とてもマリーらしいと思います。

イレーヌ＝ジョリオ・キュリー
［一八九七〜一九五六］ピエールとマリーの長女。パリ大学でポロニウムに関する研究を手がけた。母の助手フレデリック・ジョリオと結婚、一九三五年夫とともにノーベル化学賞を受賞。一九五六年、白血病で死去。

科学のプラスとマイナス

キュリー財団が創設される頃のエピソードとしては、もう一つ気になる話があります。この頃マリーは体調が悪く、お姉さんにこんなことを言っているのです。

いちばんの不調は、目と耳からきています。目はとても衰《おとろ》えてしまいましたが、おそらくもう、あまりどうすることもできないでしょう。耳はといえば、ほとんどずっと耳鳴りがしていて、ときどきかなり激しくなるのに悩まされています。とても心配です。仕事の足かせになってしまう——それどころか、なにも仕事ができなくなってしまうかもしれません。

それくらい体調が悪いのです。そして、彼女はこのように書いています。

こうした不調に、もしかしたらラジウムがなにか関係しているのかもしれませんが、確信をもって断言《だんげん》することはできないでしょう。

これがわたしの悩みです。でもだれにも話さないでください。とりわけ、うわさが広がらないように。さあ、では別の話をしましょう……。

この頃、マリー自身もラジウムが体に影響があるのではないかと思い始めています。若い人には気をつけて扱うように言っています。ただ、こんなに素晴らしい研究者でも、やはりプラスの方だけを見たいのだなとも感じます。ガンを治す放射線治療がありますが、それはDNAに影響を与えるからです。それはつまり、DNAに対してマイナスの影響もあるということです。でも彼女は、いま私たちが放射能について思うほどにはマイナスを感じていません。ピエールにもそれはありませんでした。

科学者は自分の研究のマイナス面を考えるのは苦手です。福島での原発事故のときにもそれが感じられました。キュリー夫人の時代に今と同じような認識を要求するのは酷ですし、たしかにマリーは素晴らしい人です。でもそれだけの人でも自分の研究のマイナス面に目を向けることは難しかったのだと思います。

——キュリー夫人は、第一次世界大戦のときにレントゲン車をつくって、戦場で負傷した兵士を救います。治療車を二十台、放射線治療室は二百、救われた負傷者は百万人を超えた、と書かれています。

百万人はひょっとしたら大げさかもしれませんが、すごいことですよね。負傷した兵士の治療のとき、銃弾がどこにあるかわからずに手術をしたのでは有効な成果は出せません。ここに弾があると調べてから手術ができたらいいですね。それこそ科学の恩恵です。そのために、いろいろな人に頼んで車を提供してもらい、道具を載せたX線車をたくさん準備して、第一次大戦で負傷者のために大活躍するのです。エーヴは「はじめに」で「献身」ということについて書いていましたね。

たゆまぬ努力や、すさまじいほどの知性を。すべてを与え、なにも取らず、受けとりさえしない献身を。どれほどすばらしい成功も、また逆境も、変えることのできなかったひじょうに純粋な魂《たましい》を。

このときのマリーの行動について、「第二の祖国に尽くすこと。非常事態に遭遇して、マリーのなかで、ふたたび直感と行動力が頭をもたげたのだ」と書いてありますが、その時点で科学にできることをやろうというその決心は固かったのだと思います。

――この『キュリー夫人伝』では、娘が母をほめ過ぎではないかとも思います。

エーヴは娘さんなので、そういう面がないとは言えません。たとえばポール・ランジュバンの名前は出てきません。ほかの伝記を読むと、かなり大きく出てきます。ピエール・キュリーが亡くなったあと、その第一の弟子で後を継ぐ方との情事があったということが、ちょうどマリーが次のノーベル賞をもらう頃、新聞に大きな記事として出て、かなり騒がれました。どちらが正しいのかはわかりませんが、女性として、最愛の夫が亡くなって寂しいときに第一の弟子が親切にしてくれたらあり得ることです。それも人間らしさとも言えます。それによってマリーを否定的に見ることではないと思っています。

ポール・ランジュバン
［一八七二〜一九四六］フランスの物理学者。ピエールの教え子でソルボンヌで学位を取得。ブラウン運動を記述するランジュバン方程式を発表。アインシュタインの相対性理論の普及に尽力。

女性であることの強み

――中村先生のご経歴を拝見すると、四年制大学に進まれた点でも、理系に進まれた点でも、キュリー夫人同様、女性はほぼ一人ではなかったかと思われます。

私とキュリー夫人とを比べることにはとても無理がありますが、確かに周囲に女性はほとんどいませんでした。ただ、科学の中にいるからといって、キュリー夫人のようなタイプの人ばかりではありません。私はかなりいいかげんな人で、彼女とは全然違うタイプです。

私は子どもが小さいとき、五年間仕事をしていない時期がありました。義父母は明治生まれの人で、母親が生まれたばかりの子どもを置いて働きに行くことは、いいか悪いとかいう以前に「あり得ない」ことでした。私はなにがなんでもやらなければと、貫き通すことはしませんでした。子どもを置いてなんとかすることもできたかもしれませんが、そのとき私は子どもを育てようと思ったのです。そして子どもを育ててみたら、面白くなってしまいました。

私の場合、本当に恵まれていて、その間も先生がいろいろなお仕事をくださいました。上の子が五歳になって、下の子が二歳になった頃、ある日先生からお呼びがかかり、新しい研究所（三菱化成生命科学研究所）を創ったのでここで働かないかと言ってくださったのです。新しい研究を始め、楽しく過ごしました。

しかし、十年経った四十五歳のときに、生命科学に疑問を持ちました。それが「生命誌」という仕事を考えるきっかけでした。初めて自分で考えたのです。生命科学は、生き物そのものを見ていないと思ったのです。それは、育児をしたおかげでした。仕

先生
江上不二夫［一九一〇〜一九八二］生化学者。戦後の日本の生化学を牽引した一人。三菱化成生命科学研究所を立ち上げ、初代所長に就任。朝日賞、レジオン・ドヌール勲章など受賞多数。ジェームズ・ワトソン『二重らせん』を中村桂子と共訳。

三菱化成生命科学研究所
一九七一年に設立された研究所。生命科学研究の黎明期に日本で最初に創設された民間の分子生物学研究所で、世界的にもユニークな存在であった。二〇一〇年閉鎖。

事でＤＮＡを通して生きものを一生懸命見ているつもりだけれど、家に帰れば子どもが泣いている。そのことはＤＮＡとはつながりません。ＤＮＡの研究を「生きている」ということと重ね合わせないと意味がないと思ったのです。そして、研究室での研究と日常をつなぐ学問を考えました。それが「生命誌」です。

これまで私は「女性だから」というふうに考えたことはありません。しかし、社会学者の鶴見和子さんと対談する機会があり、そのとき、実は二人がやっていることは、「日本人であり、女である」ことと関わりがあるのかもしれないと話し合うことになりました。鶴見さんは西欧を出発点とする社会学を学びながら、水俣病との出合いを契機に、地域に根ざした発展を提唱する「内発的発展論」をお考えになり、私も西欧に根をもつ生命科学に矛盾を感じ、あらゆる生物にそれぞれの発展があると考える「生命誌」を始めました。日常とつながる学問です。

女性はお金や権力と関係なしに自由に考えられます。「グローバルとばかり言う男性だったら絶対出てこない考えね」と鶴見さんが亡くなる直前におっしゃったのです。日本人だから、女性だからと言い募るつもりはありません。しかし、もしかしたらそれはプラスに活かすことができるかもしれない、といまは思っています。

生命誌
中村桂子が提唱した、歴史的な存在として生命をとらえ、生き物を基本に人間の生き方を模索する新しい「知」のあり方。英語で表現するとBiohistoryで、生き物の歴史物語を読み解くことで生命の本質を探る研究。

鶴見和子
［一九一八～二〇〇六］社会学者。比較社会学を専門とし、南方熊楠や柳田國男の研究で知られ、水俣病や近代の超克などの研究を行った。

水俣病
二一四ページ参照

内発的発展論
海外の技術支援や外部の大企業に依存して経済発展や近代化を目指すのではなく、地域住民自身が参加しながら、主体的にコミュニティづくりを目指す発展論。

きゅうりとハムのサンドウィッチ

キュリー夫人、キュリー、きゅりー、きゅうり！ごく自然に、キュリー夫人の名前から思いついたのが、きゅうりのサンドウィッチです。読書会の開催は7月。レモンとクリームチーズをきゅうりと一緒に挟み込んで、爽やかな初夏の香りを楽しんでいただきます。最後は黒胡椒でスパイスを効かせて。

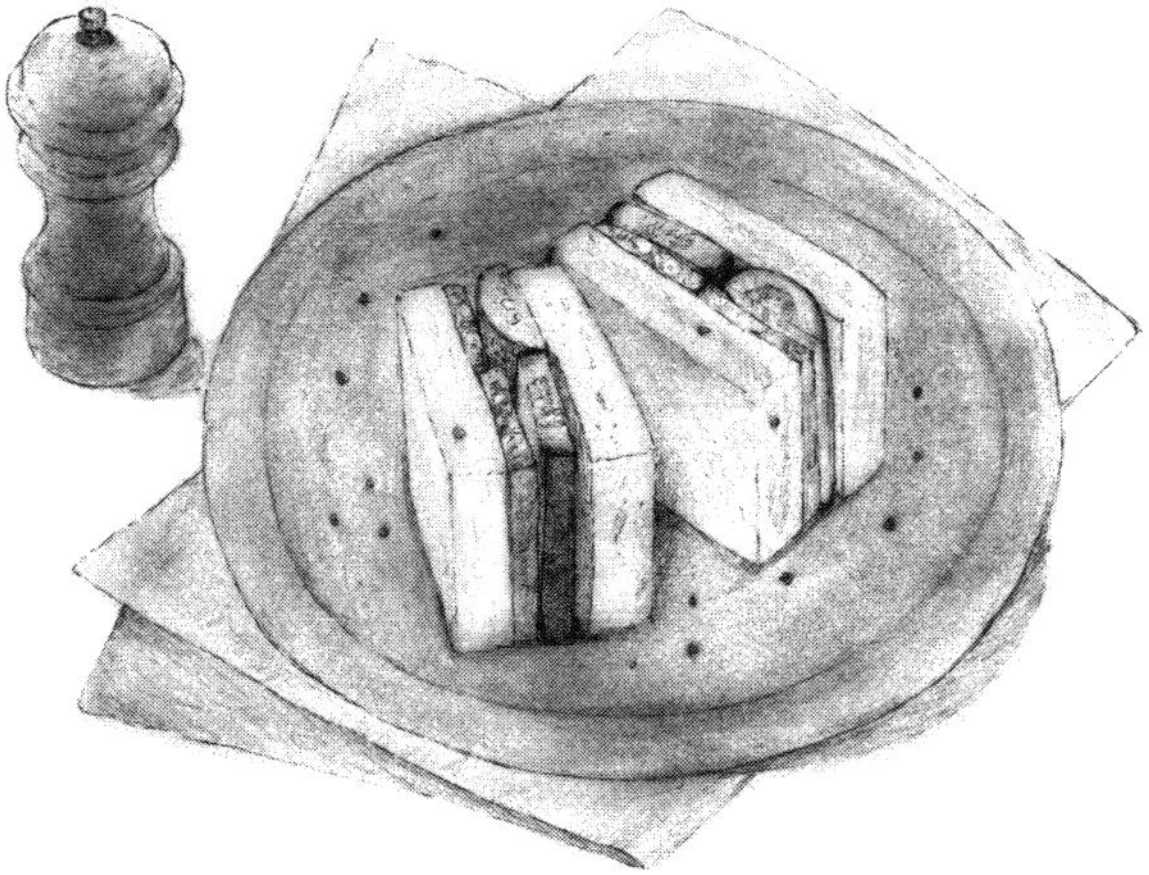

[材料 2人分]

食パン8枚切り2枚、きゅうり½本、粗削りにしたハム3枚、レモン4スライス、クリームチーズ20g、EXVオリーブオイル、オレガノ、塩、黒胡椒各適宜

[作り方]

① きゅうりは薄く切って塩をしておく。
② ハムは厚めに削ぎ落とし、オレガノとオリーブオイル、塩で香りづけをする。
③ 皮も食べられるレモンをごく薄く輪切りにする。
④ 食パンにクリームチーズを薄く塗り、
②と③を挟み、最後に黒胡椒をひく。
⑤ 温めた包丁でパンを4等分に切る。

石牟礼道子 著

『苦海浄土』を読む

竹下景子

俳優

『苦海浄土』

水俣市内に住む主婦であった石牟礼道子は、一九六〇年代前半、渡辺京二が編集をしていた「熊本風土記」などに「海と空のあいだに」の連載を開始。これを改題して一九六九年に刊行されたのが『苦海浄土 わが水俣病』である。水俣の方言で水俣病患者の苦しみと魂の叫びを描写した本書は大きな反響を呼び、水俣病事件が社会的に注目される契機になった。熊日文学賞、第一回大宅壮一ノンフィクション賞が与えられたが、患者の苦悩を語った本書で賞は受けられないと石牟礼は辞退。第一部「苦海浄土」、第二部の「神々の村」と第三部の「天の魚」からなり、四十年の歳月をかけて完結した。『池澤夏樹=個人編集 世界文学全集』には、日本から唯一この作品が選ばれた。

◎セミナーでの使用テキスト
『苦海浄土』(池澤夏樹=個人編集 世界文学全集3) 石牟礼道子著、河出書房
『苦海浄土 わが水俣病』石牟礼道子著、講談社文庫ほか

photo: Yoshino Oishi

石牟礼道子

一九二七年熊本県天草郡に生まれる。詩人、作家。生後三ヵ月で水俣に移る。代用教員を経て結婚。一九五八年に谷川雁らの創刊した雑誌『サークル村』に参加し、詩歌を中心に文学活動を始める。『苦海浄土 わが水俣病』を発表。文筆とともに、患者の支援を続けてきた。一九七三年アジアのノーベル賞といわれるマグサイサイ賞を受賞、二〇〇一年度朝日賞を受賞。二〇〇二年には新作能「不知火」を発表。『十六夜橋』で紫式部文学賞、詩集『はにかみの国』で芸術選奨文部科学大臣賞、『祖さまの草の邑』で後藤新平賞と現代詩花椿賞を受賞。『石牟礼道子全集・不知火』が刊行されている。

竹下景子

一九五三年愛知県名古屋市生まれ。俳優。NHK「中学生群像」出演を経て、一九七三年NHK銀河テレビ小説「波の塔」で本格的デビュー。映画「男はつらいよ」のマドンナ役を三度務める。第十七回日本アカデミー賞優秀助演女優賞、第四十二回紀伊國屋演劇賞個人賞を受賞。テレビ・映画・舞台への出演の他、「愛・地球博」日本館総館長、「世界の子どもにワクチンを日本委員会」ワクチン大使、国連WFP協会親善大使、C・C・C富良野自然塾でのインストラクターなど幅広く活動している。

繋《つな》がぬ沖《おき》の捨小舟《すておぶね》
生死《しょうじ》の苦海《くがい》果《はて》もなし

——『苦海浄土』より

水俣病と私は同い年

『苦海浄土』についてお話してほしいと依頼され、今回きちんと読み直さなければと思い、池澤夏樹さんが編集されている『世界文学全集』に収められた一冊を読みました。改めて読み直してみると、石牟礼さんの世界というのは実に豊かで、研ぎすまされた感性によって書かれた文章は、深く心を揺さぶるものでした。

水俣病——当事者の皆さんはこれを「水俣病事件」とおっしゃいます。それは事故ではなく人災だから。責任の所在を明らかにしたいという思いを込めて「水俣病事件」と言うのです。そもそも私が「水俣病事件」というものに出合ったのは二〇〇〇年で

『池澤夏樹＝個人編集 世界文学全集』
河出書房新社。全三十巻。作家、詩人、翻訳家である池澤夏樹が独自の観点で厳選。

水俣病
化学工業の会社、チッソ株式会社が熊本県水俣の海に流した廃液が含むメチル水銀が原因で起きた公害病。環境汚染による食物連鎖が病因を発生させた人類史上最初の病気。公害病の原点とも言われる。

した。それまで、学校の社会科の教科書でしか私は知らなかったのですが、二〇〇〇年に熊本放送が「記者たちの水俣病」というドキュメンタリーをつくりました。水俣病は一九五六年に公式発表されるのですが、それ以来、マスコミはどういう形で関わってきたかということを検証した番組でした。私はその番組のナレーションを担当し、初めて水俣病、水俣の人たち、もっと言えば熊本県に住んでいらした人たちがどのような思いでいらしたかを知りました。公式確認は一九五六年ですが、それ以前にも当然患者さんはいらしたわけで、「水俣病事件」はいまだに本当の意味では解決されていません。

私は一九五三年生まれ、今年六十歳になります。ですので、私の人生と水俣病という病気、この事件はほぼシンクロしているわけです。そのことを知ったとき、私はもうこれは他人ごとではないと思わざるを得ませんでした。私もまた、戦後の高度経済成長の恩恵にあずかってきたのですから。

水俣の家族の団欒を写した一九七二年の写真があります。おじいちゃんがいて、おばあちゃんがいて、ぼろぼろの障子のところで子どもたちが寝ています。小さい子は学校に上がる前でしょうか。私が芸能界に憧れて高校を出て東京に出てきた頃です。

「記者たちの水俣病」
熊本放送が制作を手がけ、二〇〇〇年に放送されたドキュメンタリー番組。当時の報道に携わった記者たちへのインタビューを通して、水俣病報道の光と影を浮かび上がらせた。

水俣
熊本県最南部に位置し、西は不知火海に面する。

一九七二年の写真
アメリカの写真家ユージン・スミスは水俣病の実態を写真に撮り、世界にその悲劇を伝えた。

「ああ、日本のある地域にはこんな暮らしがまだあったんだ」とものすごくショックでした。でもそこで寝ている家族のひとりひとりの顔は、本当におだやかで、安らぎに満ちていました。その一枚の写真を見たとき、私は、「水俣で何が起こったんだろう」と思いました。

その後、水俣フォーラムというNPO法人の会員になり、講演会などで石牟礼さんご自身、そして石牟礼さんが書かれた作品などに徐々に触れていくようになりました。最初に『苦海浄土』を読んだとき、ルポルタージュにこういう素晴らしいものがあったのだという感動とともに、のどかで昔ながらの生活をしていた人たちが、いつからかその豊かな海に毒が流されたことで蝕まれていく。体だけでなく、心も引き裂かれていく、そのことを克明に記したこの作品のもつリアリティに打ちのめされました。と同時に、石牟礼さんご自身の語り口の美しさ――水俣の言葉、ときには天草の言葉も入っているのかもしれません――が、そこで地に足をつけて日々の暮らしを営んでいる人たちの言葉がなんと美しいことかと思いました。そういう人たちの暮らしを石牟礼さんは本当に精緻な眼差しで見つめて文章にしていらっしゃる。「これはただごとではないな」とその才能、力量にも深く心を打たれました。

水俣フォーラム
水俣病事件についての社会教育事業を全国展開する団体。一九九二年に活動を開始。自治体や報道機関、市民団体と協力して、水俣展を開催。

天草
熊本県と鹿児島県にまたがる諸島。水俣の対岸に位置する。

石牟礼さんが生きてきた世界

この春（二〇一三年五月）に水保フォーラムが主催する福岡の水俣展があり、そのなかで石牟礼さんが講演をされました。車椅子で登壇されました。短い言葉でしたが、ご自分が水俣病と出合ったときのこと、いまのこと、これまで支援をしてきた人たちへのお礼の言葉を述べられました。その最後に詩を読まれました。第三部の「天の魚《いを》」の「序詞」と書かれています。水俣病事件が発覚してから約二〇年経ち、いよいよ自主交渉という行動に患者さんたち、家族の方たちが立ち上がりました。その中心に川本輝夫さんという素晴らしい人がおられ、石牟礼さんも川本さんと共に行動し、座り込みをする。そんな時期に書かれた詩です。

序詩

生死のあわいにあればなつかしく候
みなみなまぼろしのえにしなり

水俣展
水俣フォーラムが主催する、水俣病を伝えるための展覧会。一九九六年の東京展以来、全国を巡回している。

川本輝夫
［一九三一～一九九九］熊本県水俣市出身。二十四歳のとき水俣病を発症。水俣病での未認定患者救済運動のリーダー的存在となる。チッソ水俣病患者連盟の委員長を二十二年間務めた。

おん身の勤行に殉ずるにあらず
ひとえにわたくしのかなしみに殉ずるにあれば
道行のえにしはまぼろしふかくして一期の闇のなかなりし
ひともわれもいのちの臨終《いまわ》かくばかりかなしきゆえに　けむり立つ雪炎の海をゆくごとくなれど
われよりふかく死なんとする鳥の眸《め》に遭えり
はたまたその海の割るるときあらわれて
地《つち》の低きところを這う虫に逢えるなり
この虫の死にざまに添わんとするときようやくにして　われもまたにんげんのいちいんなりしや
かかるいのちのごとくなればこの世とはわが世のみにて
われもおん身もひとりのきわみの世をあいはてるべく　なつかしきかな
いまひとたびにんげんに生まるるべしや
生類《しょうるい》のみやこはいずくなりや
わが祖《おや》は草の親　四季の風を司り　魚《うお》の祭を祀《まつ》りたまえども　生類の邑《むら》はすでになし
かりそめならず今生《こんじょう》の刻《こく》をゆくにわが眸《まみ》ふかき雪なりしかな

美しいですね。石牟礼さんの体を通して生まれる言葉には、「言霊」――その人のもっている、命そのものがもっているエネルギーが込められているように感じられてなりません。そしてまた、石牟礼さんは詩人でもいらっしゃるので、そのひとつひとつの言葉の響き、それらが本当にひとつひとつ、聴いている者の心の内に染み通ってきます。これだけ水俣の患者さんたちは大変な思いをして、「かんじん」――いまの言葉でいえば、「こじき」ですね――に身をやつし、そういう壮絶な闘いのなかでこんなに美しい作品が生まれる。これは、石牟礼さんをおいては、ほかの誰にもなし得ないことだと思います。

どうして石牟礼さんにこんな偉業がなし得たのか。石牟礼さんはお生まれは水俣でいらっしゃいますが、ご両親は天草の生まれで、おじいさまは天草では名の通ったみしゅく、道路の敷設をする人でした。ただ明治の頃ですので、もちろんコンクリートなどはなくて、山に入って山から石材を切り出してつくっていた。ちょっと山師的なところもあり、大変誇り高い、「おるでは天慶、天草のさる首じゃるけん」というような人で、いつも白足袋を履いていたそうです。

石牟礼さんは天草から水俣におじいちゃん家族と共に渡ってきます。そして、おばあちゃまを「おばばさま」と呼び、心を通わせます。その世界は、海の中にさまざまな命が宿っていて、山に行けば山の草があり、木があり、目に見えない気配――精霊とてもいったらいいのでしょうか——のようなものがある、私たちが忘れてしまっているような世界です。石牟礼さんはいまでも半分以上そういうところに身をあずけていらっしゃるのではないでしょうか。

石牟礼さんの実家が没落し、一家は「とんとん村」という水俣の中でも僻村に居を構えて生活するのですが、そこは昔ながらの生活が変わることなく続いているところでした。その村で石牟礼さんは育ち、結婚されます。学校の先生の妻になり、母にもなったその頃に、この水俣病事件が起こるわけです。

水俣病事件が社会問題となり、ひとつの運動となっていくなかで、石牟礼さんご自身は、「実際に闘ったのは患者さんで、私は付き添いです」とおっしゃいます。しかし、決して傍観者ではなく、石牟礼さんが育った世界は、犠牲になった患者さんと相通ずるところがものすごく多かった。それ以前、天草での、言ってみればハイ・ソサエティな生活も知っていた石牟礼さんだからこそ、水俣でつましい生活をし、不知火海からその日の糧をいただいて生活している人たちのことを我がことのように感じ取れる感性をお持ちになれたのではないかと私は思います。

石牟礼さんを通して産み落とされる言葉

石牟礼さんの息子さんが十歳ぐらいのときに結核を患い、市立病院に入院されます。そこで、当時「奇病」といわれていた患者さんの姿を見かけ、以来、ずっと石牟礼さんはこの水俣病事件に関わることになります。

石牟礼さんは先述の講演会で、「わたくしはずっと人間の絆をテーマに書いてまいりました」と話されました。「人間の絆というのは、人が生きていく上での証だと思います」と。しかし、水俣病になった患者さんは絆が結べない。どんなにか不幸なことであったろうかと思います。

本当に膨大なこの作品の中で、水俣のことを石牟礼さんは三つの文体で書き分けておられます。いま改めて、この題材との向き合い方、石牟礼さんの力には敬服するのみです。石牟礼さんは鶴見和子さんとの対談の中で、「四角い言葉」と「丸い言葉」ということをお話しされています。四角い言葉——お医者様の報告書であるとか、官僚がつくっている書類をそのまま載せている箇所があります。大変冷たい感じがするところ。その一方で、患者さんや患者さんのご家族が独り語りに話しているところ、これは丸い言葉ですね。文字というものを書いたり読んだりせず、日々の言葉を交わ

鶴見和子との対談
『言葉果つるところ——鶴見和子・対話まんだら 石牟礼道子の巻』所収。藤原書店、二〇〇二年。

しながら生きている人たち。まるで映像のように想像することができます。

水俣病になった「ゆりちゃん」について語るお母さんの言葉があります。大変重篤な患者さんなのですが、このゆりちゃんは黒目がちで、きれいなまなざしでまつげが長くて、本当にきれいなお嬢さん。だからこそ、閉じられることのない目をした彼女を、地元の記者が「ミルク飲み人形」と取り上げたりしています。


悪人じゃったかもしれん母ちゃんは。おなごはどこに業を負うとるかもわからんちゅうけん、母ちゃんが業ば、おまえが負うて生まれてきたかもしれん。ゆり、あんまりものいわんとめめずになるぞこんどはめめずに。とうちゃん、うちは磯の岩の上にかがんで、鳥の子のゆりば責めよる夢みるばい。あの子ば責めてはならんとに。

あんたとうちゃん、ゆりが魂はもう、ゆりが体から放れとると思うかな」

「神さんにきくごたるようなことばきくな」

「神さんじゃなか、親のあんたはどげんおもうや。生きとるうちに魂ののうなって、木か草のごつなるちゅうとは、どういうことか、とうちゃんあんたにゃわかるかな」

「――」

「木にも草にも、魂はあるとうちは思うとに。魚にもめめずにも魂はあると思うとに。うちげのゆりにはそれがなかとはどういうことな」

「さあなあ、世界ではじめての病気ちゅうけん」

「病気とはちがうばい。五つや六つの可愛い盛りに、知らぬあいだに魂をおっ奪《と》られて。あんたなあ、尻の巣をがわっぱにとらるる話はきくばってん、大事な魂ば元《がん》からおっ奪られた話はきいたこともなかよ」

「あんまり考ゆるな、さと」

「魂もなか人形じゃと、新聞にも書いてあったげなが……、大学の先生方もそげんいうて、あきらめたほうがよかといいなはる。親ちゅうもんはなあ、あきらめられんとよなあ。大学の先生方もわが子ばそうされればあきらめつかすじゃろうか。まして会社のえらか衆の子どんがそげんなれば、その子の親は。おかゆを流し込んでやればひっかりながらも咽喉はすべりこむ。ちゃんとゆりは食べ物は腹におさめよる。便もおシッコも人間のものを出しよるもね。手足こそ鳥の子のようにやせ干けるが、顔はだんだん娘らしゅうなってゆきよるよ。あんたにはそういうふうには見えんかな」

「そうじゃなあ」

「ゆりはもうぬけがらじゃと、魂はもう残っとらん人間じゃと、新聞記者さんの書いとらすげな。大学の先生の診立《みた》てじゃろかいなあ。

そんならとうちゃん、ゆりが吐きよる息は何の息じゃろか——。草の吐きよる息じゃろか。

うちは不思議で、ようくゆりば嗅いでみる。やっぱりゆりの匂いのするもね。ゆりの汗じゃの、息の匂いのするもね。体ばきれいに拭いてやったときには、赤子のときとはまた違う、肌のふくいくしたよか匂いのするもね。娘のこの匂いじゃとうちは思うがな。思うて悪かろか……。

ゆりが魂の無かはずはなか。そげんした話はきいたこともなか。木や草と同じになって生きとるならば、その木や草にあるほどの魂ならば、ゆりにも宿っておりそうなもんじゃ、なあとうちゃん」

「いうな、さと」

「いうみゃいうみゃ。——魂のなかごつなった子なれば、ゆりはなんしに、この世に生まれてきた子じゃいよ」

実は、これはテープ起こしをした文章を活字にしたのではありません。石牟礼さんはそんなに足繁く患者さんのお宅に通ったわけではなく、患者さん本人のところにあがりこんで、テープを回してということはとてもできなかったとおっしゃっています。そこに生きるひとりひとりの思いが石牟礼さんの体を通って言葉となり、この作品を産み落としたとおっしゃっています。女性は子どもを産む生き物ですけれども、「産む」というのは、命を共に分かつ、それは大変な作業です。ここに語られている人たちには、大変な思い、悔しさ、また一方で健康であったときには楽しさもあったでしょう。それが見事に石牟礼さんの言葉として蘇っています。

石牟礼さんは希有な方だと今回私も改めて思ったのですが、数字というものにめっぽう弱い。足尾銅山鉱毒事件のときに調査にいらして、どこのホームから帰りの電車に乗っていいのかわからなくて、「わたくしはどこに帰るんでございましょう?」と訊くようなこともあったそうです。渡辺京二さん——今現在も石牟礼さんを支えておられる作家です——が、原稿の手直しのときに、「私が結婚したのはいつでございましょうか?」とご本人から訊かれたと書いていらっしゃいます。時間も近代化がもたらした概念の典型ですよね。数値化されたものを当たり前のものとして、なんの抵抗もなく受け入れて今現在私たちは暮らしているわけですが、そことはどうも違うところに石牟礼さんの魂はおありになるようです。

足尾銅山鉱毒事件
明治初期、栃木県と群馬県の渡良瀬川周辺で発生した日本で初めての公害事件。

渡辺京二
一九三〇年京都府生まれ、熊本市在住。思想史家、歴史家、評論家。『逝きし世の面影』で和辻哲郎文化賞を、『黒船前夜』で大佛次郎賞を受賞。

人と生き物と自然が交感する世界

石牟礼さんのもうひとつの傑作に『椿の海の記』という作品があります。本当に豊かな水俣の自然が素晴らしい筆致で書かれています。この作品には、大好きな「おもかさま」が描かれています。「おもかさま」は、魂が「されいている」——放浪すると書いて「されく」と石牟礼さんはおっしゃいますが、方言の美しさとともに、人を大事にする、敬う感じがする表現です。少女の石牟礼さんだけでなくまわりの人も「おもかさま」と呼ぶ。もうちょっと自分に近い呼び方をするときには「いわどん」と呼ぶ。それでも殿さまの「殿《どん》」が入っています。人と人との関係が濃密で、それでいて慈愛に溢れている。言葉の遣い方ひとつとっても、いかに人と人のコミュニケーションが濃密な時代がかつてはあったのだということを窺い知ることができます。

不知火海というのはとてもきれいな海で、よほどのことがないかぎり、いつも鏡のように凪いでいて、海辺には泉が湧き、井戸になって女たちが集まるところにもなっています。穏やかな海なのですが、海の中に清らかな水が湧いているところがあり、そこに潮の流れができる。魚の湧く海とも呼ばれる、美しくて豊かな海。石牟礼さんは、そんな美しい水俣の海とそれをよりどころにして生きてきた人たちを、ただの不

『椿の海の記』
一九七七年刊行。水俣病事件で破壊される以前の、美しく豊かだった水俣の生活世界を四歳の「みっちん」の視点で描いた作品。

不知火海
九州と天草諸島に囲まれた内海、八代海のこと。不知火が見えることから不知火海と呼ばれる。不知火とは九州に伝わる怪火で、蜃気楼の一種。

幸な物語としてだけでなく取り上げていらっしゃいます。魂というか、霊というか、そういうものたちの気配が濃密に立ちこめている世界が確かにあったのだということを、私たちは石牟礼さんの作品から知ることができます。

そういう生活をしていた漁師の奥さんが水俣病になり、大学病院に運ばれます。

あんた、大学病院ちゅうとこは、よっぽどよか所のごと思うでしょ、それがあんた、藤崎台の病院ちゅうとザーッとした建物の、うちらへんの小学校の方が、よっぽどきれいかよ。そんな原っぱの中のゆがんどるような病院の中に、うちら格好のおかしな奇病の者たちが〝学用患者〟ちゅうことで、まあ珍しか者のように入れられとる。うちたちにすれば、なおりたさ一心もあるけれど、なおりゃせんし、なんやらあの、オリの中に入れられとるような気にもなってくる。うちは元気な体しとったころは歌もうたうし、ほんなこて踊りもおどるし、近所隣の子どもたちとも大声あげて遊ぶような、にぎやわせるのが好きなたちだったけん、うちはもう、こういう体になってしもうて、自分にも人にも大サービスして、踊ってされきよるわけじゃ。

夜さりになれば、ぽかーっとしてさみしかりよったばい。

みんなベッドに上げてもろうて寝とる。夜中にふとん落としても、病室みんな、手の先のかなわん者ばっかり。自分はおろか、人にもかけてやるこたできん。口のきけん者もおる。落とせば落としたままでしいんとして、ひくひくしながら、目をあけて寝とる。さみしかばい、こげん気持ち。

陸《おか》に打ちあげられた魚んごつして、あきらめて、泪ためて、ずらっと寝とるとばい。夜中に自分がベッドから落ちても、看護婦さんが疲れてねむっとんなさるときは、そのまんまよ。

晩にいちばん想うことは、やっぱり海の上のことじゃった。海の上はいちばんよかった。春から夏になれば海の中にもいろいろ花の咲く。うちたちの海はどんなにきれいかりよったな。

海の中にも名所のあっとばい。「茶碗が鼻」に「はだか瀬」に「くろの瀬戸」「ししの島」。ぐるっとまわればうちたちのなれた鼻でも、夏に入りかけの海は磯の香りのむんむんする。会社の臭いとはちがうばい。

海の水も流れよる。ふじ壺じゃの、いそぎんちゃくじゃの、海松じゃの、水のそろそろと流れてゆく先ざきに、いっぱい花をつけてゆれよるるよ。

わけても魚どんがうつくしか。いそぎんちゃくは菊の花の満開のごたる。海松は海の中の崖のとっかかりに、枝ぶりのよかとの段々をつくっとる。

ひじきは雪やなぎの花の枝のごとしよる。藻は竹の林のごたる。海の底の景色も陸《おか》の上とおんなじに、春も秋も夏も冬もあっとばい。うちゃ、きっと海の底には龍宮のあるとおもうとる。夢んごてうつくしかもね。海に飽くちゅうこた、決してなかりよった。

どのようにこまんか島でも、島の根つけに岩の中から清水の湧く割れ目の必ずある。そのような真水と、海のつよい潮のまじる所の岩に、うつくしかあをさの、春にさきがけて付く。磯の香りのなかでも、春の色濃くなったあをさが、岩の上で、潮の干いたあとの陽にあぶられる匂いは、ほんになつかしか。

そんな日なたくさいあをさを、ぱりぱり剥いで、あをさの下についとる牡蠣《かき》を剥いで帰って、そのようなだしで、うすい醤油の、熱いおつゆば吸うてごらんよ。都の衆たちにゃとてもわからん栄華ばい。あをさの汁をふうふういうて、舌をやくごとすらんことには春はこん。

自分の体に二本の足がちゃんとついて、その二本の足でちゃんと体を支えて踏んばって立って、自分の体に二本の腕のついとって、その自分の腕で櫓を漕いで、あをさをとりに行こうごたるばい。うちゃ泣こうごたる。もういっぺん——行こうごたる、海に。

単に美しい景色の描写ではなく、生命、世界、宇宙を、これほどまでに生き生きと、自分の中の物語として石牟礼さんは書かれています。自然と共感した暮らしと営みが、これほど喜びに満ちていた、かつて確かにあった幸せな世界がなくなってしまったことに気づいたとき、私たちは唖然とするわけですが、だからこそ、『苦海浄土』という作品が、いまなおいっそうの輝きをもって私たちに迫ってくるのだと思います。

東日本大震災以降、水俣病事件が国が関わる事件の解決や地域再生のひとつのモデルとして注目されているということもあります。国家や企業のあり方、そのなかで一人ひとりの命はどうあるべきか、これから私たちはどこへ向かって生きていくのか、そんなことも考えながらこの素晴らしい作品を読み継いで、次の世代に渡していくことが、いまの私たちの責任かとも思います。

水俣から学ぶ

——竹下さんは、福島の原発事故で避難されている方を訪問し朗読などの活動をされていると伺いました。いま福島をめぐる問題をどのようにお考えですか。

原発事故以来、水俣病事件をひとつのモデルケースとして、原発事故の問題、放射能の問題を考えようとする動きがあります。水俣のことでいえば、胎児性の患者さんは、ほぼ私と同世代の方々です。水俣病は、時間とともに良くなることはありません。以前はなんでもなかった身体機能がだんだん衰えていったり障害がでてきたり、時間を経てみないとわからない。まして放射能は、もっと目に見えないわけですね。身体への影響は、できるだけ早期に、そして継続して診ていく必要があります。

もうひとつ、自分たちのふるさとを奪われた人たちの問題があります。「ふるさと」というのはかけがえのないもの、自分の中のかけがえのない部分、それが「ふるさと」だと思います。そこ以外の場所で生きることを考えてもみなかった人たちにとって、ふるさとを失うのは堪え難いことだったと思います。でも、それでも人は生きていかなければなりません。もし、もとのふるさとにもう戻れないということが確実になったときには、もう一度自分たちの手で「ふるさと」をつくっていく。そのためには、かつて水俣病事件を日本の中のどこかの小さな町で起こった出来事として片付けてしまったようなことが二度とないように、いま福島で起きていることを皆で考えていかなければなりません。これは長く、簡単にはゴールの見えない作業になることは間違いないと思います。でも私たちは声を挙げることはできるわけですから、あきら

胎児性の患者
妊娠中の母親が有機水銀を含む魚介類を摂取することで、胎盤を通じて胎児の段階でメチル水銀に侵されてしまう。母親より胎児の方に重い症状が現われ、重度の心身障害児となることもある。

めてはいけないと思います。

――この読書会をきっかけに、通勤電車の中で『苦海浄土』を読んでいたのですが、大変重い気持ちで家に帰り出勤するような日々が続きました。過去から学ぶ力がないのでしょうか、ちょっと前に起こった震災のことも忘れて、またオリンピックで浮かれ始めて、はしゃぐような空気に違和感があり、どこに救いを求めたらいいのかと感じながら読んでいました。竹下さんはそのようなことはありませんでしたか。

よくわかります。水俣病事件の解決についてはどんどん裏切られていく事態となり、患者さんたちは東京まで行くわけです。特に第三部は辛い辛いと思いながら読みました。患者さんのおひとりである緒方正人さんが講演会でお話しされています、「人間というのはどうしようもないものだ」と。「救いのない」という言葉が当てはまるのかもしれません。でも、そういう現実があっても、私たちは生きていかないといけないわけですね。次に進むためには、ひとりでも多くの方に、いまの水俣を見てほしいと思っています。大変な毒が流された海辺は生きている魚をドラム缶に詰めて土台にして、いまは公園になっています。水俣のことをいまも語り伝えてくれている患者さ

緒方正人
一九五三年熊本県芦北郡女島生まれ。漁師。水俣病の未認定患者運動に参加するが、一九八五年自らの認定申請を取り下げ、未認定患者運動とは一線を画した表現で抗議行動を行う。

水俣広域公園
水俣湾の海底に沈殿した水銀汚泥を封じ込めるため、埋立・造成が行われ、その埋立地には公園が整備された。

んや生活者の方々がいらっしゃます。そういった方たちのいまを知ることで、すぐには希望は見えてこない。しかし、この現実を抜きにしては語れない、未来はそこからしか生まれてこないと思うわけです。

困難を自分の中で昇華して浄化して、人を恨んだりするのはもうたくさんだ、私はそれをやめる、とおっしゃったのは患者さんご自身なんですね。こういう生き方をした人が確かにいらっしゃる。そのことは私にとって驚きだし、気付きだし、学びとなりました。

――緒方さんは、最もラジカルに川本輝夫さんのあとを継いで運動をやってきた人ですが、その過程で「私はチッソである」と言うに至るわけですね。この現実を与件として受け入れたなかでやっていくしかないのだと。水俣の運動は、患者さんとチッソという被害者＝加害者の関係がそこまで昇華された。水俣が人をつくり、文化をつくってきた。すごいことが起こったわけです。

それを牽引していた石牟礼さんの力はとても大きいと改めて思います。石牟礼さんは、常に患者さんたちを励まし続け、患者さんたちは、石牟礼さんの言葉を力にして歩んでいった。そして石牟礼さんという患者さんの思いを伝える巫女のような存在があったからこそ、いろいろな人が水俣に関わる道がひらかれていったのだと思います。

――水俣という土地が石牟礼さんを生み、石牟礼さんのような方をもてたということが、水俣の運動に異なる地平を拓くことができたのですね。

私自身、『苦海浄土』を通じて今回もう一度学ばせていただくことができました。言葉、特に話し言葉というものは、自然と同じで、その人がいなくなったら消えてしまうのですね。言葉はどうして生まれるのか――それは生きていくために必要とされているからです。その意味でも、『苦海浄土』はたくさんのことをいまの私たちに教えてくれます。

いま、言葉は、どんどんつまらなく、やせ細っていると思います。特にメディアは、自分も関わっていて言うのは片腹痛いのですが、ひどいです。言葉そのものがやせ細っているのがいまの日本のように思います。日本に生まれ、生きている私たちは、言葉の本当に深いところにある精神を見つめ直していかなければなりません。

石牟礼さんは文学者の中でも稀有な人です。このような方と同時代に生きることができたということを幸せに感じます。文学の力をもう一度信じていきたいと思います。

ホットサンド2種

マーマレード(有機みかん)とバター
バジルペーストとスモークチーズ

熊本県の南端にあり温暖な気候に恵まれた水俣市は、柑橘類の産地。今回は、作品の舞台となった水俣のマーマレード(有機みかん)を取り寄せました。それから、stillwaterメンバーのお父さん自家製のスモークチーズ(Q.B.Bのプロセスチーズを桜のチップで1時間半ほど燻したもの)で2種類のホットサンドウィッチを用意。

[材料 2人分]
食パン8枚切り2枚、マーマレード(有機みかん)80g、バター10g、バジルペースト60g、スモークした自家製プロセスチーズ5㎜を2枚

[作り方]
① 食パン・8枚切り2枚を用意し、1枚にはマーマレード(有機みかん)とバターを薄く塗り、もう1枚にはバジルペーストを薄く塗り、スライスしたスモークチーズを挟む。
② 温めたホットサンドメーカーで4分ほど焼いて出来上がり。

伊丹十三 著

『女たちよ！』を読む

平松洋子

エッセイスト

『女たちよ！』

『ヨーロッパ退屈日記』に続く伊丹十三の二作目のエッセイ集。一九六八年、三十五歳のときに刊行され、軽妙な口調が人気を呼んだ。スパゲッティの正しい食べ方をはじめ、アルコールの嗜み方、サラダの本格的な作り方、クルマの正しい運転法、セーターの着こなし方、強風下でのマッチの点け方、そして「力強く、素早く」の恋愛術など、日常生活の隅から隅まで幅広いテーマが取り上げられている。伊丹自身が体験したエピソードを中心に、粋で、こだわりがあり、少しユーモラスな独特の伊丹節で綴られた人生論風エッセイは、若い世代の支持を得た。

◎セミナーでの使用テキスト
『女たちよ！』伊丹十三著、新潮文庫
『ヨーロッパ退屈日記』伊丹十三著、新潮文庫

伊丹十三

一九三三年京都市生まれ。映画俳優、デザイナー、エッセイスト、映画監督。父は映画監督の伊丹万作。二十六歳で大映に入社、「伊丹一三」の芸名で俳優になり、「北京の55日」「ロード・ジム」などの外国映画にも出演。七〇年代には「遠くへ行きたい」などのドキュメンタリー番組を制作。テレビCFの名作にも数多く携わる。五十一歳の時に「お葬式」で映画監督デビュー。以降「タンポポ」「マルサの女」「あげまん」など十作品を監督。翻訳やイラストも手がける一方、家事や子育てに関心が深く、料理の腕も一級だった。一九九七年死去。

平松洋子

一九五八年岡山県倉敷市生まれ。エッセイスト。アジアを中心に世界各地を取材し、食文化や暮らしをテーマに幅広く執筆活動を行う。書評など、本についての文章も多い。『買えない味』で二〇〇六年度Bunkamuraドゥマゴ文学賞受賞。『野蛮な読書』で二〇一二年度講談社エッセイ賞受賞。近著に『ひさしぶりの海苔弁』『洋子さんの本棚』（共著）など。

私は役に立つことをいろいろと知っている。そうしてその役に立つことを普及もしている。がしかし、これらはすべて人から教わったことばかりだ。
私自身は――ほとんどまったく無内容な、空っぽの容《い》れ物にすぎない。

――『女たちよ！』より

伊丹さんとの不思議な縁

今回、どんな本を選ぼうか、とても迷ったのですが、ふと思いついたのが十代の頃から長く読み継いできた伊丹十三さんの著作でした。伊丹さんがお亡くなりになってから十七年くらいたちますが、本当に多彩な顔をもった方で、デザイナー、装丁家、イラストレーター、俳優、ＣＭディレクター……後年は監督として「お葬式」をはじめ精力的に映画を制作しておられました。文筆家としても何冊も著作を世に送り出し、根強い人気があります。作家の椎名誠さんは、東海林さだおさんと並ぶエッセイスト

「お葬式」
伊丹十三の初監督作。一九八四年に公開。大ヒットを記録し、日本アカデミー賞をはじめ、数々の映画賞を受賞。

椎名誠
一九四四年生まれ。作家、エッセイスト。『本の雑誌』編集長。

東海林さだお
一九三七年生まれ。漫画家、エッセイスト。

として、伊丹さんを尊敬していると書いていらっしゃいました。

伊丹さんのご出身地、愛媛県松山市に「伊丹十三記念館」があります。伊丹十三という異能の人物を理解するための、わかりやすく、非常に丁寧な展示がなされています。この記念館が主宰する「伊丹十三賞」が二〇〇七年に創設され、私は、映画監督の周防正行さん、イラストレーターの南伸坊さん、この記念館を設計された中村好文さんと共にその選考委員を務めています。周防さんは、伊丹さんから「映画のメイキングも完璧に」と信頼され、指名を受けて「マルサの女」などのメイキング編を撮っていらっしゃいますが、映画監督として非常に多くのことを学んだとおっしゃっていました。南伸坊さんは六十年代、『女たちよ!』などのエッセイを「なんておもしろいんだろう」と夢中で読み、中村好文さんも伊丹さんのエッセイに大変刺激を受けたそうです。それぞれの興味に応じて、伊丹さんにはいろいろな入り口があったこと自体、その人物像の奥行き、または複雑さを物語っていると思います。

私に関していえば、最初に読んだ伊丹さんの著作は『女たちよ!』。高校生のときでした。読んで最初に感じたことは、「救われた」。「こんなふうに物事を仔細に捉えてもいいんだ」「こういうものの考え方をしていいんだ」と、安堵したのです。

大学生になると、足を運んだ映画館に偶然、伊丹さんがいらっしゃるということが

伊丹十三記念館
二〇〇七年に開館した、伊丹十三ゆかりの品などを展示する博物館。館長は伊丹十三の妻で女優の宮本信子。

伊丹十三賞
二〇〇七年、伊丹十三の遺業を記念して創設された賞。伊丹が才能を発揮した分野において優秀な実績をあげた人に贈られる。

周防正行
一九五六年生まれ。映画監督、脚本家。メイキング映像「マルサの女をマルサする」を監督。

南伸坊
一九四七年生まれ。イラストレーター、エッセイスト、漫画家、編集者。

中村好文
一九四八年生まれ。建築家。

「マルサの女」
一九八七年公開。八八年の日本アカデミー賞の各部門賞はほとんどがこの映画に贈られた。

ありました。伊丹さんはいつも一番前に座っていらして、「なるほど、伊丹十三は映画を観るときこういう位置を選ぶんだ」と思ったことをよく覚えています。もちろん、伊丹さんが書かれる本は、そのたびにずっと読み続けていました。

初めての単著『アジアの美味しい道具たち』を出すにあたって、イラストレーションを伊丹さんにお願いしたことがありました。私は『女たちよ！』『ヨーロッパ退屈日記』で伊丹さんが描かれた画が大好きだったので、「伊丹さんしかない！」と。描き下ろしということになるので、編集者はかなり腰が退けていましたが、これは自分で頼むほかないと意を決して、私が伊丹さんに電話をしました。ところが、伊丹さんは電話口で「うーん、おもしろそうだけどねぇ。うーん」、ずうっとそればかりです。もともと伊丹さんは、YESともNOとも編集者に返事を言わない方だと聞いていました。断ってくれれば話はすむのですが、そうはおっしゃらない。こちらも、わかりましたと引っ込んでしまうとそこで終わってしまうと思い、粘りました。三、四十分も話していたでしょうか、ついに「二年待ってくれたら描きます」。でも、結局、伊丹さんにお願いすることは叶いませんでした。

私のつれあいは松山出身で、彼の実家に伊丹十三さんのお父様、伊丹万作さんが逗留していらしたことがあるんです。偶然のご縁ですが、これを聞いたときは、思わず

『アジアの美味しい道具たち』
一九九六年に晶文社から刊行。四十九の台所道具にまつわる物語。現在は『アジアおいしい話』（ちくま文庫）として読むことができる。

『ヨーロッパ退屈日記』
一九六五年に文藝春秋より刊行されたエッセイ集で、伊丹十三の文筆家デビュー作。随筆とは異なる「エッセイ」というジャンルの草分け的な作品となった。

伊丹万作
［一九〇〇〜一九四六］映画監督、脚本家。サイレント末期からトーキー初期にかけて時代劇に新生面を開いた。代表作は「國士無双」「赤西蠣太」。脚本に「無法松の一生」など。

身震いがしました。彼はフジテレビでドラマの演出をしていたのですが、のちに伊丹さんの奥様となる宮本信子さんに出演していただいたこともあり、また、演出を務めた「テレビナイトショー」という番組に伊丹さんがレギュラー出演してくださっています。いまになって振り返ると、すべてがずうっと長い糸でつながっているかのよう。人生の不思議といいますか、人の縁の不思議を思わずにはいられません。

宮本信子
一九四五年生まれ。女優、歌手。一九六九年伊丹十三と結婚。「お葬式」をはじめ、伊丹十三の全映画作品に出演。日本アカデミー賞最優秀主演女優賞ほか受賞多数。

テレビナイトショー
一九六九年から一九七一年までフジテレビ系列で放送された深夜番組。一九七〇年から一九七一年にかけて伊丹十三が司会を務めた。

エッセイの名手

『女たちよ！』を最初に読んだとき、エッセイとしての凄みを感じたのは、たとえば「二日酔いの虫」です。

二日酔いというのはどうにもならんもんでね。実に七転八倒の苦しみである。しかもよく考えてみると、しかとどこが痛いというのでもない。脳や内臓が発酵しはじめたような、躰《からだ》が内側から腐れていくような、ゆえ知れぬ不快感であるとしかいいようがない。どうにも救いようのない苦しいものではありますが、だからといって神様が「じゃあ、今日から二日酔いというものをなくしてやろう」といわれても、それは困る。いくら深酒をしても、朝ぱっと目が覚めるや心身ともに爽快《そうかい》、朝日を浴びてラジオ体操、なんて冗談じゃない。酒を飲むということの意味が全然変ってしまう。それは困る、というのが酒呑《の》みの神経というものだと思う。

しかし、われわれ二日酔の時には、苦しまぎれにずいぶんいろんなことを考える。

「あのね、二日酔のひどい時にさ、顳顬《こめかみ》んところに小さな腫《は》れ物ができるんだよね。これが実に痒《かゆ》いんだな。痒いから掻《か》き毟《むし》る。掻き毟るうちにだね、腫れ物が潰《つぶ》れるだろう。その潰れたところをよく見ると、なんか芯《しん》みたいなものがのぞいているじゃないか。ハハーンこいつだなと思ったから、私はその芯をピンセットでつまんで、そおっと引っぱりましたね。すると出てくるんだよ、それが。ずるずると出てくるんだよ。紐《ひも》みたいに、というか、干瓢《かんぴょう》みたいにというか、ともかく引っぱればいくらでもずるずる出てくる」

「うわあ、いやだ。あなたやめて、その話」

「いや、この干瓢がだね、実に鼻持ちならんほど酒臭い」

「いやだったら。わあ、穢《きたな》い」

「そりゃ酒臭いはずだろ、だってそいつが二日酔いの正体なんだから。ともかく、こいつをそろりそろりと引っぱるうちに、そうだね、二時間くらいかかってその干瓢がラーメンの丼《どんぶり》五杯分も出た。信じられないほどの分量だよね」

「ばか、ばか、知らないから、もう」

「頭がすっかりからっぽになったところで、今度は、さっきの穴から水を注ぐだろう。それでもって頭をこう振ると、チャポチャポって音がして、頭の中がすっかり綺麗《きれい》に洗える。水をかえて二度三度よく濯《すす》ぐ。すっかり酒の匂《にお》いがしなくなったところで、最後は氷水で洗い清めるんだ。こいつはいい気持だねえ。まるでいい気持だ」

「…………」

「ねえ、おれの顳顬にそういうおできができていないもんだろうか？」


この文章についているのは、男が頭から干瓢を引っぱりだしているイラストレーションなのですが、こういう人を食った話というのが伊丹さんの真骨頂です。

『女たちよ！』は一九六八年に出版されましたが、外国の食べ物の名前がたくさん出てきます。高校生の私は、「フォンデュってなんだろう。アーティショー、ペッカリーってなんだろう」と思いながら読んでいました。伊丹さんは、avocadoも厳密に「アヴォカド」とカタカナで書かれています。いまだに「アボガド」と間違って書かれることも多いというのに、つねに正確を期そうと心がける姿勢に敬意を抱くとともに、名前の表記ひとつとっても、文化と向き合おうとする伊丹さんの精神が伝わってきます。

伊丹さんの「日本文化論」

冒頭のエッセイ「スパゲッティのおいしい召し上がり方」には、伊丹さんが『女たちよ！』で伝えたかった基本的な精神が非常によく現れています。また、『ヨーロッパ退屈日記』にしても、伊丹さんの苛立ちとも言うべきものが通奏低音のように流れています。「スパゲッティの食べ方」は、さらりと読ませますが、スパゲッティの食べ方指南でもあり、じつのところ日本文化論でもある。イタリアの食文化においてスパゲッティがどんな存在かを語りつつ、日本人が外国の文化に接するときの姿勢への批判が盛り込まれており、短い文章でありながら、『女たちよ！』という本全体を引っ張っています。

エッセイは、日本にスパゲッティが入ってきたのはいつごろかというところから始まります。永井荷風の小説『冷笑』や夏目漱石の『三四郎』にも登場しているように、スパゲッティが日本に入ってきたのは明治の頃でした。しかし、明治からいまに至るまで日本におけるスパゲッティはまったく変わっていないじゃないか、と。そして文化の許容の仕方について、イギリスは抱擁型、フランスは吸収型、日本はうんと貧しい吸収型である、と鋭い分析を行います。うんと貧しい吸収型という表現によって、

『冷笑』
永井荷風が外遊後、初めて出版した長編小説。一九一〇年に刊行。

『三四郎』
一九〇八年に朝日新聞に連載された夏目漱石の長編小説。日露戦争後の日本社会の批評ともなっている。

苛立ちとともに日本文化の弱みを指摘しているのです。

私が「アル・デンテ」という言葉を高校生のときに覚えたのは、伊丹さんの本を通してでした。日本で最初に「アル・デンテ」という言葉を書いたのは伊丹さんではないかと思いますが、おいしいスパゲッティの作り方とは、茹であがったスパゲッティを再び火を使わずに、どれだけ熱いままで食卓にのせることができるかにかかっている、と喝破しています。アル・デンテのゆで方、そしてお皿の温め方。あらかじめお皿を温めておかなければ、ゆでたてのスパゲッティはあっという間に冷えてしまう。スパゲッティというのはシンプルな料理であるにもかかわらず、日本人は肝心なところを学習しないまま、その終着点がスパゲッティナポリタンである、と嘆くのです。この落差が意表を突いて、すごく可笑しい。どきっとしますよね。私もナポリタンが好き(笑)。伊丹さんが書いているのは、六十年代に登場したハムやピーマンが入ったナポリタンは日本の料理であって、イタリアのスパゲッティとどうしてこんなに乖離してしまうのだろう、そもそも文化に対する日本人の姿勢、精神性が違うのではないか、と。さらには、「貧乏性」「恥がない」という言葉を使いながら、日本人としての矜持のありかたを問うのですね。ディレッタンティズムに終わるのではなく、些末な事物を取り上げながら文化論に発展させて、大局を見通そうとするところは、とて

アル・デンテ
パスタの茹で加減を表わす言葉。麺に若干の芯を残して茹でる手法で、歯ごたえのある状態を指す。

も伊丹十三的です。

スパゲッティについては実にしつこくいろいろなところで書いています。フォークにスパゲッティを四、五本巻き付け、皿から決して浮かさず、先をつけて巻くと一口大の紡錘形になりますよね。それをぱくっと口に入れれば無音で食べられるし、わざわざ食いちぎることもない。「スパゲッティの正しい食べ方」というエッセイでは、そのイラストまで描いています。

一方、日本人にとっての箸については、「食べる道具で一番高級なのが箸でしょうな。それも杉箸」と書いています（「唇の感触」）。口に触れる食器については、それがお椀なのかグラスなのか、厚手なのか薄手なのか、微に入り細を穿って理《ことわり》を記述するわけですが、六〇年代に食味と美学の共通項を堂々と書くひとは誰もいなかった。また、無音で食べるということ、日本人が箸の文化をもっているということがいかに美的であるかということにも触れており、これは「日本人よ、胸を張れ」というメッセージです。

確かなのは、それ以来「無音」ということが、私の食事の美学の一大鉄則となったことであって、おかげで私は外国へいった時にずいぶん助かった。劣等生には劣等生なりの、文学の吸収の仕方があるものなのですね。(「箸の汚れ」)

日本文化そのものについてもたくさん書いています。ヨーロッパに行くと水がいかにまずいか、日本人は水の美味しさを味わい分ける、その味覚の繊細さ(「水の味」)について、などなど。しかし一方で、日本人の容姿については、もう気持ちよいほど(笑)ばっさりと「日本人に洋服は似合わない」とも書いている。

西洋から帰ってきて、初めて街を歩く。こいつは恥ずかしい。

洋風の街の中を、洋風の人人が歩いている。その洋風が全部偽物なのだから恥ずかしい。

着物を着ていた日本人には三次元性が足りない、率直にいって日本人の体は扁平である、だから「日本人には洋服は似合わない」というところから始めて、あたりまえのものを、あたりまえに着ようというのです。「質のいいものを、野暮に着よう」と。では、野暮とは何かというと、相手を緊張させない、疲れさせない、相手に嫌みをもたせない。個性を出そうとして余計なトレンドを追いかけても、もともと似合っていないんだからユニフォームを着るのと同じじゃないかという論理で、ここにも伊丹さん一流の文化論が展開されています。微妙な飛躍があると思うのに、ぐうの音も出ないところに追い込むところが、つくづく巧い。イギリス人のセーターの着方のオーソドックスな素敵さを書いたり（「セーター術」）、ヨーロッパではソックスなんて女は誰もはいていないぞと断言してみせたり（「ソックスを誰もはかない」）、説得力の与え方に技があります。

伊丹さんが言おうとしたのは、それまで着物を着ていた日本人が、明治以降、敗戦国となって卑屈になっている、日本人にはもっと誇るべきものがある一方、恥ずべきものもあるだろう。誇るべきものと恥ずべきもの、両方同時に受け止めたうえで、国際社会のまっとうな一員になろうじゃないか、という一種のアジテーションであったと思います。この手の論理が展開される場合、大抵は「日本人は誇りをもて」という日本文化礼賛の一辺倒になりがちですが、あくまでもナショナリズムとは一線を画しているところに真骨頂があるのです。

伊丹さんは一九三三年生まれ、戦中派でした。戦時中に少年時代を過ごし、自分がこれまで教育されてきたことが、戦後一八〇度変わってしまった。よしとしてきたものが、まったく逆のものになってしまう、表裏になってしまう日本人の精神のあり方は、日本の社会の特性でもあります。いつもゼロか百のどちらかで、百になったものを全部受け容れていくという付和雷同が、日本人の文化、生き方の癖ではないか。ずっとそれをやっていては、日本人はいつまでたっても国際社会の中で尊敬されないし、日本人としての誇りを育てられないというのが伊丹さんの本意です。スパゲッティや箸や着物やセーターを持ち出しながら、「日本人はいかに生くべきか」と問い続けたのだと思います。

「人間の誇り」「プリンシプル」というものをとても重要に考えていたことがよくわかる文章に、『ヨーロッパ退屈日記』の「机の上のはがき」というエッセイがあります。

ともあれ、人の私物に軽々しく手を触れるのはよそうじゃないか。といっても納得しないかもしれないが、たとえば親友の部屋を訪れたとき、テーブルの上のハガキをちょっと手にとって見たり、引っくりかえしたり決してしない、と君はいえるか。プライヴァシイ軽視の中で人となったわれわれにとって、これは無意識の動作である。

しかし、これは外国人にとっては許し難い行為であるということは記憶していいと思う。外国では（どうも、このいい方には抵抗を感じるが）たとえば、机の上にハガキが投げ出してあったとしたら、それは誰に見られても差し支えないということを意味しない。人の私物に無断で手を触れる人間がいるわけはない、という信頼を意味する、といってよろしかろう。

人はどのように他者の人間性に敬意を払うべきか。私が『ヨーロッパ退屈日記』を読んだのは高校の終わりぐらいでしたが、この文章を読んだとき、はっとしたのを覚えています。同じような局面に出合ったとき、決して無自覚に手に取らないこと。日常生活の中でしばしば遭遇する局面だと思いますが、たとえば子育てにおいて、親は子どものことが気にかかるあまり、うっかり見てしまいがち。でも、テーブルの上にぽっと置いてあるハガキは「見ていい」ということではなくて、「人はそんなことをするはずがない」という信頼のもとに置いてある。こういう考え方は、個人の誇りを守り、プリンシプルにもつながる。個人の精神の律し方が書かれています。

恐れなかった人

果たして伊丹さんは、自分自身をどのように見ていたのでしょうか。作家、関川夏央さんは、伊丹さんについて「やや不幸な天才であった」と書いています。一九四四

関川夏央
一九四九年生まれ。作家、評論家。『女たちよ!』にあとがきを寄稿。

年の戦争末期、京都師範附属小学校四年生のときに敵性言語であった英語による英才教育を受け、戦後、京都一中に入学、十六歳のときにお父様の万作さんを亡くされ、その故郷である松山に行き、大江健三郎さんと出会い、親交を結びます。伊丹さんの妹さんは大江健三郎さんと結婚なさり、姻戚関係となります。大江さんの小説『取り替え子』は、伊丹さんの存在なしには生まれなかった作品ですが、大江健三郎という存在が伊丹さんにとってどれほど大きなものだったかが推察できます。

デザイナー、コピーライター、イラストレーター、装丁家、エッセイスト、テレビのレポーター、タレント、俳優、映画監督、じつに多彩な職業を経験なさいますが、そのたびにすべてが一流だったという希有な才能の持ち主です。最終的に映画監督という職業に辿り着くわけですが、果たして生きていらしたらそのままずっと監督をなさっていたかどうか、神のみぞ知ること。自身を「ほとんどまったく無内容な、空っぽの容れ物にすぎない」と書いていますが、「からっぽの器」である自分が他者に出合うことで変化を遂げてゆく、満ちてゆくという体験に目覚めていきます。それがよくわかるのが『日本世間噺大系』という一冊で、聞き書きや対談ののち、自身でテープを起こして書かれた。伊丹さんは聞き書きの名手でした。取材をし、対象に入り込んで吸収し、そこから得たものを言葉に定着させて自分の中で再構成する、そのおも

大江健三郎
一九三五年生まれ。作家。二十三歳のときに書いた「飼育」で最年少で芥川賞を受賞。『万延元年のフットボール』で同じく最年少で谷崎潤一郎賞を受賞。日本人で二人目にノーベル文学賞を受賞。

『取り替え子』
二〇〇〇年に刊行された大江健三郎の長編小説。伊丹十三との思い出をもとに書かれたとされる。

『日本世間噺大系』
一九七六年に文藝春秋より刊行された伊丹十三六作目となるエッセイ集。

しろさに惹かれたことがよくわかります。

その過程で七〇年代に心理学者の岸田秀さんと出会い、十年ほど精神分析に夢中になります。精神分析を通して人間を知ること、自分を再構築していくことに意味を見出したのですね。その流れのなかで『モノンクル』という雑誌を発刊しますが、残念ながらわずか一年で休刊になりました。もちろん私も当時読んでいましたが、伊丹さん独特の人間にたいするおもしろがり方が、すこし上滑りしていたような印象を受けました。

第三回の伊丹十三賞を受賞された内田樹さんが、松山市で記念講演をしてくださいました。実は内田さんは、二十代の終わりの頃、伊丹さんの講演を聞きに行っていらっしゃるんです。講演当日の朝、偶然知ってどうしても聞きたくなり、会場に直接駆けつけたのでいったん断られたのですが、土下座をせんばかりに頼み込み、片隅で講演を聞いたというのですから、またもや不思議な縁に驚きます。後にも先にも人の講演をそんなふうにしてまで聞きにいったのは初めてとのこと、内田さんも伊丹さんのエッセイに感化され、ものの見方に影響を受けたとおっしゃっていました。

内田さんは、伊丹十三は日本の中で物書きとして過小評価されてきたのではないか、それは彼がわかりにくい、評しにくい人であったからではないか、と前置きして、次

岸田秀
一九三三年生まれ。心理学者、思想家、エッセイスト。著書に『ものぐさ精神分析』ほか多数。

『モノンクル』
伊丹十三の責任編集で一九八一年に創刊された雑誌。タイトルは「ぼくのおじさん」の意味。

内田樹
一九五〇年生まれ。神戸女学院大学名誉教授。専門はフランス現代思想、映画論、武道論。『私家版・ユダヤ文化論』(小林秀雄賞)『日本辺境論』(新書大賞)など著書多数。

のように述べておられます。

『ヨーロッパ退屈日記』に貫流しているメッセージは、「日本人よ、誇れるものは誇り、恥ずべきことは恥じよ」という、ごくまっとうなものだと僕は思います。でも、今の日本には、この「まっとうな戦中派の大人」から告げられる言葉を受け止める素地が存在しない。だから、伊丹十三についての論が立てられない。

作家、赤坂真理さんが書かれた『東京プリズン』という素晴らしい小説があります。十六歳でアメリカに留学した少女が、ディベートで「天皇の戦争責任」を認めるという立場に立って論じる経験について描かれた作品ですが、日本人が戦争をどう受け止めてきたのか、敗戦について正面から向き合ってこなかったのではないか、しかし、そこを検証する以外に前へ進むことはできない、というのが小説の柱です。赤坂さんは一九六四年生まれですが、いま、この世代でなければ書けなかった小説なのかもしれません。私たちの先輩である戦中派世代の人たちから、私たちは、日本人が何を誇り、何を恥ずべきか、その態度について正面から教わってはこなかった。そこを回避し続けたところに日本人の弱さがあるのではないか、と思います。それを伊丹さんは六〇

『東京プリズン』
河出書房新社より二〇一二年に刊行された赤坂真理の小説。「東京裁判」をテーマにした作品で、毎日出版文化賞、司馬遼太郎賞、紫式部文学賞などを受賞。

年代にひとりで引き受けようとしたのではないか、と内田さんは指摘しています。

僕が伊丹十三に感じる一番大きな魅力は、意外に思われるかもしれませんが、彼の勇気です。彼は孤立することを恐れていない。さらに言えば、理解されないということを恐れていない。

「理解されないということを恐れていない」。深い洞察に感じ入ります。理解されない、孤立することを恐れていないというのは、その著作群を考えるうえで大きな補助線になり得ると思います。さらに言えば、理解されないことを恐れないのは、ある意味では深い絶望を宿していたということ。このところは、伊丹十三という人間像を捉えるとき、重要な点です。いずれにしても、戦中派の大人たちを尻目に、人を食ったような表現を使いながら、「恐れなかった人」だったのだと思うのです。

『女たちよ、男たちよ、子どもたちよ！』の中に、いまを見通していたのではと思える文章があります。

今日もまた、イギリス人たちは、キューカンバー・サンドイッチをつまみ、アナザ・

『女たちよ、男たちよ、子どもたちよ！』
一九八〇年文藝春秋より刊行。対談やエッセイ、伊丹のユニークな育児論をまとめた作品。

カップ・オヴ・ティーなど所望しつつ、劇場に足を運ぶ回数が減ったことをかこちながら、泰然と沈没していく。

イギリス人の没落ぶりは、全体として見ればあれはあれでやはり見事なものであるという他はない。おそらく地球上のどの民族も、あのように格調高く没落してゆくのは難しいに違いない。

いつの日か、日本が倒産する時の阿鼻叫喚ぶりと思いくらべて、私はまた大きな溜息を洩らすのである。

この皮肉な一文が、すでに七〇年代に書かれていたことに感嘆を禁じ得ません。伊丹さんは、日本人が生きていくうえで拠って立つべき精神のありかたを思考し、いかにすれば獲得できるか、さまざまな表現手段を使いながら必死の思いで探り、試み続けたのだと思います。

救われるということ

――平松さんは少女の頃に伊丹さんのエッセイに出合われたわけですが、その後、いろいろな関わりのなかで、伊丹さんへの思いはどのように変化していったのでしょうか。

最初に『女たちよ!』を読んだときには、「こんな見方があるんだ」という新鮮な驚きと解放感があり、つぎつぎに著書を読んでいきました。誰も教えてくれなかった大事なことが、ここにはぎっしりと書いてあると感じていましたし、十代の自分が抱いていた疑問や謎がするすると解きほぐれてゆく実感を味わいました。シャープなところも、かっこよかったですしね。

その後、伊丹さんは精神分析にのめり込んでいくのですが、そのときは初めて違和感を感じました。確かに精神分析は興味ぶかい分野ですけれど、いっぽう、壁にぶち当たったり挫折したり、達成感を味わったり、実人生の経験もひとを育てる。私にとっては、実生活に自分の成長を求めたいという気持ちが強かったので、微妙に抵抗感を抱きましたね。うっすらと、精神分析という学びによって伊丹十三という人物はどこへ向かうのかな、と訝しんだりもしました。編集長を務めた『モノンクル』は、長く著作を読んできた者にとっては、伊丹十三の現在を雄弁に物語る媒体ではあっても、雑誌としてのおもしろさがどこまで伝わっていたでしょうか。

しかし、そののち、映画「お葬式」を観たとき、「ここに突破口を見つけられたんだ」

と光を見るような思いがしました。斬新な発想と目のつけどころ、オリジナルな手法は目を見開かされ、伊丹さんの新たな表現手段が映画だったということが、すとんと腑に落ちました。伊丹さんは、少年の頃からずっと父・伊丹万作の存在を追い続けてきたのかもしれない、と。

――奥様で女優の宮本信子さんは、そういった伊丹さんをどのように感じておられたのでしょうか。

夫婦のあり方とか男女のあり方っていろいろあると思うんです。伊丹さんと信子さんは自然豊かな湯河原でふたりの子どもを育てるのですが、子育てを通じお互いに教え教えられ、手を取っていろんなことを乗り越えていく、そういうあり方に喜びを見出していらっしゃったのでは、と思います。信子さんの明るさ、たくましさ、聡明さ、伊丹さんにとってどんなに大切な存在だったか。先ほどの「はがき」の話ではないですが、信子さんには人間としての「プリンシプル」を感じますし、本当に優しい気遣いをなさる方。伊丹さんは、信子さんをとても頼っていらしたのではないでしょうか。おふたりにしかわからない精神の交流を感じます。

――題名がなぜ「女たちよ！」だったのでしょう。

かならずしも女性ではなく、「他者」という広い存在だと理解しています。ヨーロッパでの生活を経験し、日本を相対化させて認識するなかで、女という存在に、自分以外の他者すべてを託したのだと思います。ただ、この本を執筆していらした時期は最初の結婚を解消なさったあとで、女性による理解のされ方に、期待や夢を託したい気持ちが強くおありだったのでは。

――高校生のとき、伊丹さんの本を読んで救われた気持ちになったと言っておられましたが、前後にどういうことがあって、平松さん自身が「救われる」という心の動きに至ったのでしょうか。

三、四歳の頃からとにかく本が好きでした。本と自分との関係の中に広い世界が築かれ、誰にも邪魔されない豊かなものに自分が触れているということが安心感につながっていたのです。だから、本を読んでいるとひたすらうれしかったし、安心したんですよね。小学校の頃は学級委員を務めたり、送辞を読んだり、勉強にしても生活態度にしても、両親や教師から求められるものが強かった。でも、私には拭いがたい違和感があって、自分の居場所はどこにあるんだろう、と不安な気持ちをつねに抱えていました。少女時代には誰もが感じることだと思うのですが、社会生活と自分のあり方がしっくり行っていない苦しさがあった。だから、余計に本が大事でした。内田樹さんがおっしゃった「ひとりであることを恐れない勇気」のような明確な言葉で捉えていたわけではありませんが、でも、『女たちよ！』には毅然とした生き方があり、そうか、こんなふうに自身の考え方に依拠して生きていってもいいんだ、という勇気をもらったのでした。

鶏肉とクレソンのサンドウィッチ

料理上手な伊丹さんが小学生のときに発明したという、「サラダ菜といちごジャムのサンドウィッチ」があります。実際に作ってみたら、ジャムと野菜の組み合わせが意外にもおいしかったので、今回は、鶏肉とクレソンにいちごジャムを絡ませてみました。赤ワインにもよく合うサンドウィッチです。

［材料 2人分］
食パン8枚切り2枚、鶏のむね肉70g、玉葱¼個、クレソン3本
●**ソース** いちごジャム、バルサミコ酢大さじ3、EXVオリーブオイル大さじ2、塩少々

［作り方］
① 前日から塩糀で漬け込んでおいた鶏のむね肉をスライスしておく。
② 玉葱は薄くスライスし軽く塩で揉んでおき、クレソンはちぎっておく。
③ オリーブオイルをひいたフライパンで鶏のむね肉に焼き目をつける。
④ フライパンにソースを加え弱火にして、鶏のむね肉に充分絡めながら炒める。
⑤ 食べる直前に、準備しておいたクレソンと玉葱を混ぜ合わせる。
⑥ 食パンに⑤を挟み、温めた包丁でパンを4等分に切る。

読書会とサンドウィッチ

オフィスに、客人が訪ねてくる。空気を入れかえ、お湯を沸かし、お茶の葉を選ぶ。タイのハーブティ、届いたばかりのはちみつレモネード。いつだって、お迎えするのは、いそいそと楽しいもの。

しかし今回。読書会のお客さまをお迎えする直前のクラブヒルサイドのキッチンは、むしろ戦々恐々とした場と化した。サンドウィッチのために情熱をかけることは、ここまで大変なことだと思ってもみなかった。つまり、鮮度の問題なのだ。一度に四十人分のサンドウィッチを作るからには、瞬間芸ともいうべき早業で仕上げねばならない。パンは切りたて、野菜は冷たいまま、ジャムやペーストも塗りたてでないと。一方でほどよく全体が馴染んでいる必要もある。「作りたて」がおいしい料理のなかでも、サンドウィッチは特別だ。

とはいえ、読書会は和やかに進み、熱い紅茶とみずみずしいサンドウィッチがみなさんの元に配られる。笑顔が広がるまで、部屋のどこかで「赤毛のアン」の育ての親、マリラが目を光らせている気がしてならない。

すべては「読書をしながら片手で召し上がっていただきたい」という無謀な計画に始まり、パンとパンの間に具材を挟む形状が、本の姿と似ていることからメニューがサンドウィッチに決まった。大切な十作品すべてに、それぞれのインスピレーションにあったオリジナルのサンドウィッチ・レシピを作る。作品が持っている世界観を壊さぬよう大切にしたのは、読んだ時に目の前に現れる景色や匂いだ。読書は私たちを、見知らぬ場所へ連れていってくれる。その場所で出会ったものを、サンドウィッチという小さな世界に再現する。まるで、作者や登場人物と時を越えて交わす会話のようだった。いつでも本を開けば、そんな会話ができるということを、この読書会が教えてくれた。

世の中には誰かが作った素晴らしいものが、すでにたくさんある。それらに触れ、心を開き、受け取ったり、感じることもまた素晴らしいことだと、私たちは考えている。そこには、自分自身の生き方、いま居る場所、心持ちが浮かびあがってくる気がするのだ。

スティルウォーター　石原未紀　白石宏子　青木佑子　玉置純子

あとがき

東京、代官山の旧山手通り沿いに連なるヒルサイドテラスの東端、鬱蒼とした緑のなかへゆるやかに下りていく暗闇坂の入口に、クラブヒルサイドはひっそりとあります。本書は、そこで一年にわたって開催されたセミナーシリーズ「少女は本を読んで大人になる」の記録をまとめたものです。

十人のゲストによる十冊の本をめぐるお話は、その内容もスタイルもまさに十人十色。しかし今、この本を編集し終えあらためて読み返してみると、ひとつひとつが響き合い、つながりあいながら、不思議なアンサンブルを奏でていることに気づきます。

このシリーズは、小林エリカさんによる『アンネの日記』からスタートしました。あるトークショーでエリカさんが自著『親愛なるキティーたちへ』について語るのを伺い、「人は何度でも本と出合うことができるのだ」と思ったことが企画のきっかけだったからです。少女の頃の志を今も持ち続けているエリカさんとの出会いが、読書会のタイトルを決めました。『赤毛のアン』もまた、少女たちが一度は手にとる本でしょう。森本千絵さんのみならずお母様もこの本のファンであったことは偶然のような必然でした。当日、森本さんが「突然思いついた！」と始められたワークショップには私たちも慌てましたが、二十〜七十代までの参加者全員を巻き込む「想像の翼」の力は見事で、アンもかくありしや、と感嘆しました。

森本さんの読書会が行われたのは、ちょうどＮＨＫで「花子とアン」が放映されている時でした。村岡花子が『赤毛のアン』の翻訳原稿を命がけで戦火から守るシーンは印象深いものでしたが、『赤毛のアン』と『アンネの日記』が同じ一九五二年に日本で出版されたことを今回初めて知りました。この年、サンフランシスコ平和条約が発効され、日本は主権を回復、連合国との〈戦争状態〉に終止符が打たれたのです。少女たちのバイブルとも言えるこの二冊に、出版に携わる人たちがどれほどの平和への願いを託していたかを想います。

〈少女〉とはいかなる存在なのか。『悲しみよ　こんにちは』を読むと、そんな問いをあらためて投げかけたくなります。阿川佐和子さんはこの「父と娘の物語」を起点に、少女時代のことやお父様との思い出を表情豊かにお話しくださいました。そのお話に、参加者はときに爆笑し、ときにほろりとし、すっかり引き込まれてしまいました。背筋をぴんと伸ばしまっすぐ前を見て話される阿川さんは、「少女・佐和子」そのものでした。

尾崎翠『第七官界彷徨』を語る角田光代さんの口から「大島弓子」の名前が出た時は、会場の温度が一瞬上がった気がしました。八十年前の伝説的作家と現代の伝説的少女マンガ家の世界が重なり合い、「モモちゃん」が「第七官界」につながるダイナミズム。それは日常がふとした瞬間に非日常に反転する角田さんの作品の秘密をも解き明かしてくれるようでした。

湯山玲子さんは、尾崎翠と親交もあった林芙美子の『放浪記』を「読みそこなってしまった本」として読み解いてくださいました。大学の文芸学科で教鞭もとる湯山さんは、参加者に「貧乏」をめぐってグループディスカッションさせるなど、実に刺激的な〈授業〉をしてくださいました。痛快かつ愛情あふれる姉御トークは、私たちを大いに鼓舞してくれました。外国文学が読まれなくなったといわれる昨今、鴻巣友季子さんによる『嵐が丘』の回には、この大恋愛小説に胸を焦がした〈かつての少女たち〉のみならず〈かつての少年たち〉も集いました。『あしながおじさん』に導かれ文学の森に分け入って行った鴻巣さんのお話は、人がどのように本と出合い世界を知っていくか、その道程を鮮やかに描き出すものでした。

ご自身の実人生に深く関わる人の著作を選んでくださったのは、末盛千枝子さんと平松洋子さんです。

末盛さんは名づけ親である高村光太郎の『智恵子抄』をとりあげ、ご自身の人生とも重ねあわせながら、さまざまな夫婦のあり方を語ってくださいました。人を愛するとはどういうことなのか、痛みを伴う愛について、末盛さんの滋味あふれるお話を通じて考える機会に恵まれたことは幸せなことでした。

平松さんのお話は、思いのこもった「伊丹十三論」でした。『女たちよ！』との出合いに始まり、自らの人生がまるで運命であったかのように結びついていった伊丹さんという存在をめぐり、平松さんがひとつひとつの言葉を丁寧に選びながら、陰翳豊かに語られる姿は、一冊の本、ひとりの人間を理解することの奥深さを私たちに垣間見せてくれました。

『キュリー夫人伝』は、3・11を経た今、どうしても読みたいと思った一冊でした。放射能によって十二万人以上が故郷を追われている現実を、放射能の発見者であるキュリー夫人が生きていたらどう受け止めるだろう。その問いを共に考えていただきたいと、「科学者が人間であること」を問い続けてこられた中村桂子さんにお話をお願いしました。幼い頃に読んだ子ども向けの伝記ではなく、娘エーヴが書いたこの分厚い伝記を中村先生と共に読むと、科学の矛盾とは、文明、そして人間存在そのものの矛盾であることに思い至ります。

文明とは何か。人間とは何かを深く問いかける一冊が、石牟礼道子さんの『苦海浄土』です。思えば、この一冊を〈少女たち〉に読んでほしくて、このシリーズを編んだのかもしれません。あるインタビューで水俣病の患者さんが来し方を振り返り「本が大きかったねえ」としみじみと語っていました。『苦海浄土』は文学が現実を動かした稀有な一冊ではないでしょうか。魂が震えるような石牟礼さんの言葉を、水俣病事件に深く心を寄せてこられた竹下景子さんは、静かに、時に涙ぐみながら朗読してくださいました。竹下さんの声にのって流れる美しい水俣の言葉は、私たちを遥か不知火の海へと連れていってくれるのでした。

本は人を通して伝わり、人と人をつなぐことを、この読書会は私たちに教えてくれました。最後に、出演してくださったゲストの皆様、そして読書会を共につくりあげてくださったすべての参加者の皆様に、心をこめて感謝申し上げます。

クラブヒルサイド・コーディネーター　　前田　礼

クラブヒルサイド

ヒルサイドテラスをベースに、地域・世代・ジャンルを超えた人々をゆるやかにつなぐ「都市のなかの“村”── アーバンヴィレッジ代官山」のプラットフォームとして2008年に設立された会員組織。ヒルサイドライブラリー、クラブヒルサイドサロンの運営の他、セミナー、スクール、コンサート、マーケット等、多様なイベントを開催している。
http://www.clubhillside.jp/

stillwater（スティルウォーター）

企画・編集・制作など独自のクリエイティブ活動を通して、ブランドや企業、ものごとの奥行き作りを主な業務としている。女性4人のメンバーは、料理やおいしいものが大好き。はちみつの商品開発やレシピ本の制作など、食にまつわる仕事も多い。本読書会ではサンドウィッチのレシピも担当している。
http://www.stillwaterworks.jp/

少女は本を読んで大人になる

発　行　２０１５年3月12日　初版第一刷
定　価　１５００円＋税
著　者　阿川佐和子、角田光代、鴻巣友季子、小林エリカ、末盛千枝子
竹下景子、中村桂子、平松洋子、森本千絵、湯山玲子
編　者　クラブヒルサイド＋スティルウォーター
装　画　森本千絵（goen°）
装　丁　大西隆介（direction Q）
イラスト　山口潤（direction Q）
発行者　北川フラム
発行所　現代企画室
東京都渋谷区桜丘町15-8-204
Tel: 03-3461-5082　Fax: 03-3461-5083
Email: gendai@jca.apc.org
http://www.jca.apc.org/gendai/
印刷所　シナノ印刷株式会社

Printed in Japan　ISBN 978-4-7738-1502-3 C0090 Y1500E